이웃집 공룡 렉스

1

인간 세상 적응기

이웃집 공룡
헬스 1

글·그림 엘리스 돌런 | 번역 고정아

1판 1쇄 인쇄 | 2025년 01월 06일
1판 1쇄 발행 | 2025년 01월 15일

펴낸이 | 김영곤
프로젝트3팀 | 이장건 김의헌 박예진 박고은 서문혜진 김혜지 이지현 송혜수
아동마케팅팀 | 명인수 양슬기 최유성 손용우 이주은
영업팀 | 변유경 한충희 장철용 강경남 황성진 김도연
해외기획실 | 최연순 홍희정 소은선
제작 | 이영민 권경민 **디자인** | 이찬형

펴낸곳 | (주)북이십일 아울북
출판등록 | 2000년 5월 6일 제406-2003-061호
주소 | (우 10881) 경기도 파주시 회동길 201(문발동)
대표전화 | 031-955-2100
팩스 | 031-955-2122

ISBN 979-11-7117-699-1 (74840)
979-11-7117-698-4 (세트)

* 책값은 뒤표지에 있습니다.
* 잘못 만들어진 책은 구입하신 서점에서 교환해 드립니다.

다양한 SNS 채널에서 아울북과 을파소의 더 많은 이야기를 만나세요.

  인스타그램
@owlbook21

  페이스북
@owlbook21

 네이버카페
owlbook21

• 제조자명 : (주)북이십일
• 주소 : 경기도 파주시 회동길 201(문발동)
• 전화번호 : 031-955-2100
• 제조연월 : 2025.01
• 제조국명 : 대한민국
• 사용연령 : 5세 이상 어린이 제품

이웃집 공룡 렉스

1

인간 세상 적응기

치즈뻥

엘리스 돌런 지음

고정아 옮김

아울북

1장
공룡의 제왕

지금으로부터 수백만 년 전, 렉스는 공룡의 제왕이었어요. 렉스가 멋대로 이곳저곳을 휘젓고 다녀도 스테고사우루스는 불평 한마디 할 수 없었죠. 잘못했다가는 렉스에게 잡아먹히고 말 테니까요. 렉스는 화산을 좋아하고, 숲도 좋아하고, 축구공만큼이나 큰 곤충도 좋아했어요. 이 세상 전부가 렉스의 집이었죠.

그러던 어느 날 세상이 추워졌어요.

조금 추운 정도가 아니었죠.

'빙하기'가 된 거예요.

추위는 아주 오랫동안

계속되었어요.

수백만 년 동안이나요.

그러다 마침내 세상이 따뜻해지기 시작했어요.

빙하가 녹으면서 갈라졌고, 커다란 얼음덩어리 하나가

바다로 떨어졌죠.

그 안에 거대한 공룡 한 마리가 있었어요. 빙하가 천

천히 녹는 동안 렉스는 물 위를 하염없이 떠다녔고, 마

침내 육지에 도착했어요.

하지만 여기에는 화산도 없고, 숲도 없고, 축구공만
큼 큼직한 곤충도 없었어요. 렉스는 너무 무서웠어요.
사방에 맹수가 있는 것 같았거든요.

처음에는 너무 변해버린 이 세상이 혼란스러웠어요.
하지만 곧 익숙한 얼굴을 발견했죠.

다른 공룡들이었어요! 렉스는 얼른 그 안으로 들어갔
어요. 도대체 세상에 무슨 일이 벌어진 거냐고 물어보
고 싶었거든요.

하지만 이곳 역시

안전한 곳 같지 않았어요.

절.대.로.요.

렉스는 일단 숨기로 했어요. 그래서 최대한 몸을 웅크

렸는데(그래도 별로 작아지지는 않았지만) 갑자기 피로가

파도처럼 몰려오는 거예요.

그래서 자기도 모르게 잠이 들고 말았죠.

코를 골기 시작한 렉스는 알아차리지 못했겠지만, 사실 렉스를 도와줄 친구는 렉스 바로 옆에 있었어요. 박물관에서 진짜 정체를 숨기고 있는 건 렉스만이 아니었거든요.

빅풋도 그날 박물관에 갔어요. 그리고 어느 전시물 앞에 가만히 서 있었죠. 30분 넘게 말이에요. 다른 인간들이 그렇게 하는 걸 봤거든요. 인간들은 그걸 '길을 막고 서 있다(줄여서 '길막'이라고 하죠)'라고 표현하는데, 빅풋은 오히려 인간의 그런 행동을 따라 하는 게 변장에 도움이 될 거라고 굳게 믿었어요.

13

빅풋은 이미 오래전부터 도시에서 살아왔어요. 그동안 빅풋은 세상에서 가장 평범하고 지루한 인간처럼 행동하기 위해서 노력해왔죠. 베이지색 넥타이와 무난한 셔츠를 여러 벌 장만하고, 가까운 회사에 취직도 했어요. 또 무엇보다도 인간들이 많은 장소에 가서 '길을 막고 서있는 법'을 연습하는 걸 가장 좋아했어요.

빅풋은 자신이 인간이 아니라는 게 밝혀지면 인간들이 자기를 어떻게 할지 잘 알았거든요.

그래서 빅풋은 평범하고 지루하지 않은 일을 예리하게 포착하는 능력을 키웠어요. 무언가 흥미로운 일이 벌어진다는 건 곧 위험하다는 뜻이죠.

그래서인지 빅풋은 박물관을 둘러보다가 심상치 않은 무언가를 어렵지 않게 발견했어요. 인간들은 전시물을 보느라 알아차리지 못하고 있었죠.

박물관에 공룡이 한 마리 있는 거예요. 화석이 아니라 진짜 공룡 말이에요. 화분 뒤에서 잠을 자고 있었죠.

> 인간이 공룡 의상을 입은 건가?
> 저런 데서 잠을 자다니 이상한데.

빅풋은 지도를 보는 척하면서 생각했어요.

15

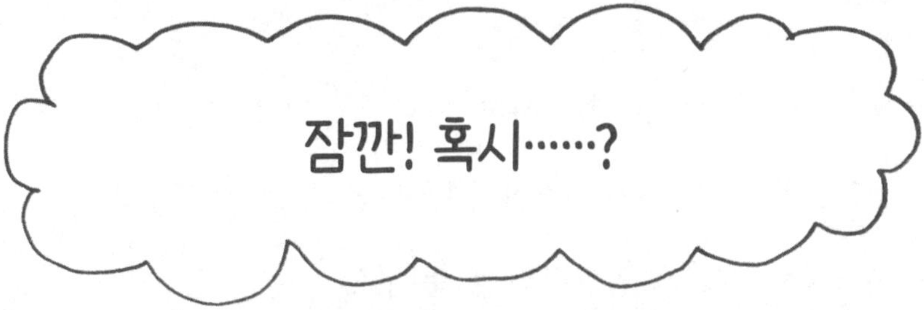

잠깐! 혹시……?

그 순간 빅풋은 번쩍 잠에서 깬 공룡과 눈이 마주쳤어요.

"으그르?"

공룡은 빅풋의 예상이 맞다는 듯한 소리를 냈어요.

맞아, 이 친구는 인간이 아니야. 어떻게 할까? 빅풋은 생각했어요.

이대로 저 공룡을 여기에 그냥 두고 가면 동물원에 보내질 게 분명했어요. 그러면 인간들은 인간 세상에 사는 다른 '위험한 동물들'을 찾아 온 동네를 수색할지도 모르죠.

그건 안 돼. 내가 먼저 손을 써야겠다.

빅풋은 오들오들 떨고 있는 공룡 앞에 다가가 말했어요.

16

"걱정 마. 내가 도와줄게. 잠깐만 가만히 있어 줄래? 네가 인간처럼 보이게 해야 하거든."

빅풋은 렉스에게 박물관 지도를 건네고, 가방에서 꺼 낸 스카프를 목에 둘러줬어요. 그리고 마지막으로 예비 로 갖고 다니는 안경을 코에 걸쳐주었죠.

"이제 우리 집으로 가자. 거기라면 안전할 거야."

빅풋이 일어나면서 털이 북슬북슬한 손을 내밀어 렉 스를 일으켜 세웠어요.

"넌 인간 세상에 대해 많은 걸 배워야 해. 다행히 내 가 '인간으로 사는 법'을 어느 정도 알고 있어." 빅풋이 말했어요.

2장
인간으로 사는 법

멎 시간 만에 렉스는 아주 많은 것을 배웠어요.
'빅풋'이라고 하는 털북숭이에게 '말하는 법'(인간
들이 약간 복잡하게 으르렁거리는 법)도 배웠죠. 그렇게 해
서 렉스는 자기 이름이 '으르그르우이르'가 아니라 '렉스'
라는 걸 알게 되었어요.

또 빅풋은 렉스에게 '친구들'을 인사시켜 주겠다고 했어요.

"나는 도도야." 깃털이 달린 작은 동물이 말했어요.

"나는 네시야." 몸통이 길쭉하고 가느다란 동물이 말했어요.

렉스가 어리둥절한 얼굴로 네시를 바라봤어요.

"너도 공룡이야?"

네시는 잠깐 생각해봤어요.

"나도 내가 공룡인지 솔직히 잘 모르겠어. 하지만 내 정체가 무엇인지는 별로 중요하지 않은 것 같아."

네시가 한 말의 의미를 생각해보고 있던 와중에 갑자기 무언가 멋진 것이 렉스의 눈길을 끌었어요.

빅풋이 테이블에 **'치즈뻥'**이라고 적힌 큼직한 봉지를 내려놓은 거예요. 한 번도 맡아보지 못한 냄새가 났죠.

"이거 먹어도 돼?" 렉스가 치즈뻥에서 눈길을 돌려 빅풋에게 물었어요.

"우리 말을 잘 들으면?" 빅풋이 말했어요.

그때, 도도가 답답한 듯 날개를 파닥거렸어요.

"얼른 끝내지? 나는 바쁜 몸이야. 작지만 짭짤한 식당 문을 열러 가야 해!"

렉스가 '작지만 짭짤한 식당'은 무엇일까 궁금해하고 있는데 빅풋이 목을 가다듬었어요.

"에헴! 그러니까 렉스, 너한테 해줄 아주 중요한 이야기가 있어. 다행히도 인간들에겐 정보를 전달하는 멋진 방법이 있지. 바로 컴퓨터 슬라이드라는 거야!"

빅풋이 노트북을 펼치자 네시와 도도는 끙하고 불만 스런 소리를 냈지만, 렉스는 노트북 화면의 불빛에 깜짝 놀라서 노트북을 핥아보려고 했어요.

"그러지 마! 다음엔 '먹을 수 있는 것과 없는 것'을 가르쳐 줘야겠다."

빅풋이 노트북을 끌어당겼어요. 그리고 빅풋은 다시 한번 목을 가다듬었어요.

"'동물이 도시에서 숨어 사는 법' 설명회를 찾아주셔서 감사합니다. 요즘 세상은 **'인간'**이라는 동물이 지배해, 렉스."

렉스는 슬라이드를 주의 깊게 살펴보았어요.

"알았어. 그럼, 인간하고도 친구가 될 수 있어?"

"안 돼!" 세 동물이 한목소리로 외쳤어요.

"세상에 인간보다 위험한 건 없어, 렉스!" 도도가 겁에

질려 말했어요. "내가 어떻게 식당 사업을 시작하게 됐

는지 알려줄까?"

"식다으그르그?" 렉스가 물었어요.

도도는 렉스의 반응을 무시하고 말을 이어 나갔어요.

"옛날에 인간은 도도새를 보이는 족족 잡아먹었어. 우리가 맛있어 보였나 봐. 그래서 인간은 우리가 멸종됐다고 생각해. 우리 가족만이 운 좋게 살아남았지만……. 내가 '도도버거'라는 식당을 차린 이유는 바로 인간에게 잡아먹히기 전에 인간을 배불리 먹이기 위해서야."

도도의 깃털이 분노로 파르르 떨렸어요.

"그래." 네시가 말했어요. "인간을 얕잡아보면 큰일 나. 내가 스코틀랜드를 떠난 것도 인간 때문이야. 인간들이 내가 사는 호수에 막무가내로 찾아와서 허락도 없이 내 사진을 찍으려고 했어."

"난 그곳을 떠나야 했지." 네시가 말했어요. "그 후로 이 도시의 수영장에서 인명 구조 대원으로 일하게 됐지만 아직도 고향이 그리워."

렉스도 고향에 대한 그리움이 뭔지 알 것 같았어요. 그리고 멋대로 사진을 찍으려 하고, 또 잡아먹으려고도 하는 인간들로 가득한 이 낯선 곳에서 잘 살아 나갈 수 있을지 걱정이 되었어요. 그리고…….

그때, 빅풋이 기침을 했어요.

"도도, 네시, 고마워. 렉스, 너도 이제 세상에는 우리 같은 낯선 동물을 해치려는 인간이 아주 많다는 걸 알 겠지?"

렉스는 눈이 동그래졌어요. 그리고 뭐라고 표현해야 할지 몰라 잠시 머뭇거렸죠.

"그러니까……. 안 좋은 거야, 많이?"

"응, 안 좋아. 그래서 도도랑 네시가 평범하고 지루한 인간처럼 정체를 감추고 사는 거고, 나도 마찬가지야."

빅풋이 다음 슬라이드로 넘어갔어요.

"나도 원래는 다른 설인들처럼 산에서 살았어. 내가 살던 곳은 도시하고는 전혀 다른데, 솔직히 말해서 나하고는 잘 안 맞았어."

"난 도시가 훨씬 좋아. 인간들은 모두 내가 평범한 인간이라고 생각해. '브라이언'이라는 이름으로 회사에 다니고 재즈를 좋아하는 걸로 알고 있지." 빅풋이 팔의 북슬북슬한 털에 안경을 닦으며 말했어요.

"나도 그래." 도도가 말했어요. "인간들은 나를 '사장'이라고 부르면서 내가 잘 나가는 사업가라고 생각해."

"인간들은 나를 '바네샤'라고 부르면서 수영장에서 항상 뛰어다니지." 네시가 말했어요.

"에헴. 이제 마지막으로 이건 인간들의 특징이야. 이걸 잘 알아야 해."

빅풋이 다시 안경을 쓰고 무언가가 적힌 쪽지를 살펴보다가 렉스에게 건넸어요.

렉스는 특징을 하나하나 읽어보았어요. 렉스는 특징에 적힌 것들을 한 번씩만 해보면 어렵지 않게 인간인 척 할 수 있을 거라고 생각했어요. 식은 죽 먹기라고 생각했죠.

특징

① 인간은 셔츠와 바지를 입고 넥타이를 맨다.
바지 속에는 속옷도 입고, 몸 끄트머리에는
양말도 신는다.

② 인간은 **휴대폰**을 아주 많이 - - - - -
들여다본다.

③ 인간은 일상적인 일을 이야기한다.
날씨, 연착된 기차, 재미있는 고양이 영상
같은 것들이다.

④ 인간은 **커피**를 많이 마신다.

⑤ **인간은 항상 무언가를 먹는다!**

하지만 빅풋에게는 렉스의 변장이 아직 부족해 보였어요. 그리고 빨리 해결 방법을 찾아야 했죠. 렉스의 변장을 시험할 때가 다가오고 있었으니까요.

작가의 말: 혹시 얼음에 갇힌 다른 공룡들은 어떻게 됐는지 궁금한가요? 그 공룡들은 아직 얼음 속에서 하염없이 시간을 보내고 있답니다.

지루해.

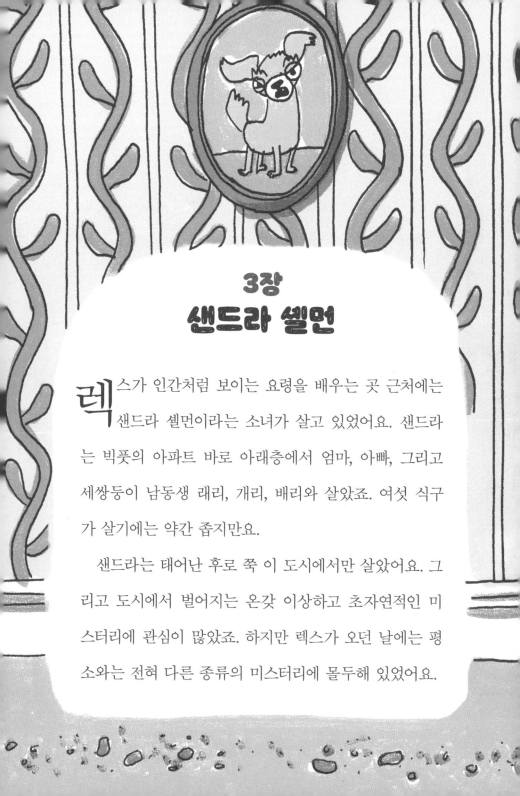

3장
샌드라 셸먼

렉스가 인간처럼 보이는 요령을 배우는 곳 근처에는 샌드라 셸먼이라는 소녀가 살고 있었어요. 샌드라는 빅풋의 아파트 바로 아래층에서 엄마, 아빠, 그리고 세쌍둥이 남동생 래리, 개리, 배리와 살았죠. 여섯 식구가 살기에는 약간 좁지만요.

샌드라는 태어난 후로 쭉 이 도시에서만 살았어요. 그리고 도시에서 벌어지는 온갖 이상하고 초자연적인 미스터리에 관심이 많았죠. 하지만 렉스가 오던 날에는 평소와는 전혀 다른 종류의 미스터리에 몰두해 있었어요.

샌드라는 동생들 방 안쪽으로 고개를 들이밀었어요. 부모님은 이른바 '데프콘 3: 갈색 경보'에 대응하고 있었어요(세쌍둥이의 기저귀를 한꺼번에 갈아야 하는 상황을 말해요).

"엄마, 아빠…… 물어볼 게 있는데요." 샌드라가 문틀에 기대서 머리만 내민 채 말했어요.

"얼른 물어보렴." 엄마가 물티슈를 한 손 가득 뽑아 들고서 말했어요.

샌드라가 심호흡을 하고 말했어요.

"매디 말이에요. 왜 그런지 모르겠는데, 매디가 이제 저하고 친구 하기 싫어진 것 같아요. 단짝 친구만 하기 싫은 게 아니라 아예 친구 자체를요."

매디와 샌드라는 초등학교 입학 첫날에 처음 만났고, 둘 다 외계인, 유령, 투명 인간, 하수구에 사는 악어 같은 미스터리를 좋아한다는 걸 알게 되면서 친구가 되었어요. 그리고 매일 같이 세상을 탐사하며 함께 시간을 보냈었죠.

하지만 얼마 전부터 매디가 달라졌어요.

"처음에는 그냥 저한테 말을 안 하더라고요." 샌드라가 계속 말했어요. "그러더니 다른 친구 두 명을 사귀었어요. 한 명은 해나 밀러인데 불이 켜지는 운동화를 신어요. 다른 한 명은 해나 파커인데 보라색 립글로스를 바르죠. 둘이 하는 짓이 너무 똑같아서 쌍둥이라고 불려요. 걔들은 요즘 제가 매디를 쳐다볼 때마다 키득거려요."

"그러면 안 되지." 아빠가 기저귀를 쓰레기통을 향해 던지며 말했어요(하지만 노골이었어요).

"왜 이런 일이 생긴 거죠?" 샌드라가 물었어요. "혹시…… 외계인 때문일까요?"

"사람은 모두 변하기 마련이야." 엄마가 말했어요. "아니시는 어때? 걔도 네 친구니?"

샌드라의 외계인 이야기는 무시하는 것 같았죠.

"약간 친하긴 해요. 하지만 저랑 같이 미스터리 탐사를 하는 건 매디예요. 도저히 이해가 안 돼요. 어떻게 된 일인지 알아낼 방법이 없을까요? 어떻게 해야 매디를 옛날로 되돌릴 수 있을까요?"

배리가 보채기 시작하자 엄마는 소리가 나는 기린 장난감을 흔들었어요.

"매디하고 얘기는 해봤니, 샌드라?"

"매디는 절 쳐다보지도 않는걸요. 특히 그 쌍둥이랑 같이 있을 때는요. 아무래도 UFO 때문인 것 같아요." 샌드라가 우주선이 그려진 양말을 내려다보며 말했어요. "외계인이 매디를 세뇌시킨 게 분명해요."

하지만 기린 장난감은 아무런 소용이 없었어요. 이제 배리는 목이 터져라 울기 시작했어요.

"아, 큰일이네." 아빠가 말했어요.

배리가 울자 래리도 울기 시작했고, 뒤이어 개리 역시 울음을 터뜨렸어요.

"나중에 얘기하자, 샌드라." 아빠가 울음소리를 뚫고 소리쳤어요.

"지금은 우리가 네 얘기를 들어줄 겨를이 없구나." 엄마가 덧붙였어요.

샌드라는 방문을 닫았지만, 동생들의 울음소리는 여전히 우렁찼어요. 이제 아무도 나에게 관심이 없는 건가 하는 생각이 들었죠.

매디뿐만 아니라 엄마, 아빠도 자기에게 신경을 쓰지 않으니까요.

샌드라는 머리를 식히고 싶었어요. 그러려면 세쌍둥이가 악을 쓰며 울고 있는 집에서 나가야 할 것 같았죠.

문을 열고 나가 보니, 위층에 사는 빅풋이 계단을 올라가고 있었어요. 그리고 처음 보는 사람이 빅풋을 뒤따르고 있었죠.

"안녕하세요. 풋 아저씨." 샌드라가 말했어요. "같이 계신 분은 누구세요?"

빅풋이 샌드라를 내려다보았어요.

"안녕……? 어…… 이 사람은 내 친구고 이름은……."

"렉스! 내 이름은 렉스야. 안녕, 꼬마 인간!"

렉스가 신이 나서 샌드라에게 손을 흔들었어요. 그리고 빅풋의 귀에 대고 속삭였어요. 그 소리가 워낙 커서 샌드라에게도 다 들렸지만요.

"내가 인간에게 말을 했어. 내 이름도 기억해내서 알려줬어!"

샌드라는 눈썹을 치켜올리고 빅풋의 집까지 따라갔
어요. 어른들이 이상하게 행동하는 건 흔한 일이었지만
이번엔 정말 무언가 달랐거든요.

빅풋은 주머니를 뒤져 열쇠를 꺼냈어요.

"어, 그래! 렉스는 여기 온 지 얼마 안 됐어. 아주 먼 곳 출신이라서 도시 생활이 낯설단다."

하지만 바로 그때, 렉스가 문 앞에 있던 빅풋보다 먼저 손잡이를 잡더니 고개를 숙이고 손잡이를 이빨로 씹는 거예요!

빅풋이 진땀을 흘리며 샌드라를 바라봤어요.

"보다시피 비행기를 너무 오래 타서……."

샌드라는 빅풋이 렉스를 손잡이에서 떼어내는 걸 보았어요. 그리고 빅풋이 하는 말도 들었죠.

"도시에서는 그렇게 안 하고 손을 써. 우리는 모두 인간이니까!"

빅풋은 샌드라가 그게 무슨 말일까 생각해볼 겨를도 없이 문을 열고 렉스를 안으로 밀어 넣었어요.

"잘 가, 샌드라." 빅풋이 어깨 너머로 소리쳤어요. "엄마, 아빠한테도 안부 전해드리렴."

"네, 아저씨. 그리고 그…… 렉스 아저씨도요."

44

문이 딸깍 닫혔어요.

음! 뭔가 미스터리가 있어. 샌드라는 생각했어요.

그러면 결론은 한 가지였죠. 탐사를 해야 한다는 것.

4장
돈

다음 날 아침, 빅풋이 렉스 앞에 작고 동그란 금속 조각을 하나 내려놓았어요.

"렉스, 네가 배워야 할 중요한 인간 세상의 것 중 하나는 바로 돈이야." 빅풋이 말했어요.

그리고 주머니에서 길쭉하고 네모난 종이와 동그랗고

반짝이는 금속 조각 몇 개를 더 꺼냈어요.

"반짝거리네! 이 예쁜 물건들은 뭐 하는 거야? 먹어도 돼? 방금 '먹는다'라는 게 뭔지 가르쳐줬잖아. 이게 딱 먹음직스러운 것 같아."

렉스가 동그란 조각 하나를 집어 들자 빅풋은 도로 빼앗았어요.

"절대 안 돼. 이건 '동전'이고 이건 '지폐'야. 이런 걸 '돈'이라고 해. 이걸 가게에 가지고 가면 물건이랑 바꿀 수 있어, 렉스." 빅풋이 네모난 종이를 흔들며 말했어요.

"가게?" 렉스가 물었어요.

"가게는 길거리에서 네가 들어가도 되는 몇 안 되는 곳 중에 하나야. 다른 곳들은 위험하니까 들어가면 안 돼." 빅풋이 말했어요. "가게 안에는 온갖 물건들이 있어. 길모퉁이에 있는 '신문과 복권'이라고 쓰여 있는 곳 같은 데 말이야."

"아하!" 렉스가 고개를 끄덕였어요. "네가 치즈뻥을 가

48

져온 데 말이구나! 그러니까 이걸 가지고 가면
치즈뺑으로 바꿀 수 있다는 거지? 그런데 신문은 뭐
고 복권은 뭐야?"

"그건 몰라도 돼."

**"이 돈을 전부 가지고 가서 치즈뺑으로
바꾸자!"** 렉스가 목청 높이 외쳤어요.

"그렇게 소리를 지르면 밖에서 다 듣잖아."

빅풋은 당장이라도 누가 들이닥쳐서 문을 쾅쾅 두드
리기라도 하는 듯이 바깥을 살폈어요.

"안 돼. 이 돈을 치즈뺑에 다 쓸 수는 없어. 어
디까지 했더라? 아! 종이돈은 반짝이 돈보다
물건을 더 많이 살 수 있어. 가치가 더 높거든."

렉스가 얼굴을 찌푸렸어요.

"반짝이 돈이 더 예쁜데? 왜 이걸로는 치즈뺑을 조금
밖에 못 사?"

"그냥 돈이 원래 그래." 빅풋이 말했어요. "숫자가 돈
의 가치를 알려줘."

"숫자?"

렉스가 방안을 둘러보았어요. '숫자'가 소파 뒤에서 뛰쳐나오기라도 할 것처럼요.

"음, 아직 숫자를 안 가르쳐줬구나." 빅풋이 말했어요. "그런데 지금은 시간이 없어. 출근할 시간이거든. 그건 나중에 알려줄게. 대신 이걸 갖고 있어, 렉스. 만약에 대비해서."

빅풋은 렉스에게 반들거리는 작고 네모난 파란색 물건을 주었어요.

"이건 돈은 아니지만 비슷한 거야." 빅풋이 렉스에게 말했어요.

렉스는 이제 머리가 터질 것처럼 아프기 시작했어요.

"어떤 물건을 사고 싶으면 이걸 돈 내는 기계 앞에 대. 삐! 소리가 나면 그 물건을 가져갈 수 있다는 뜻이야."

"색깔 예쁘다." 렉스가 그것을 눈앞에 들고 말했어요.

"그건 프리미엄 카드야. 아무나 받을 수 있는 카드가 아니라고." 빅풋이 우쭐댔어요. "이제 내가 돌아올 때까지 집에서 조용히 있어. 이 카드는 진짜 위급 상황에만 써야 해."

이 말을 끝으로 빅풋은 서류 가방을 들고 집 밖으로 나갔어요.

"'위급 상황'이 뭐야?" 렉스가 텅 빈 집에 대고 물었어요.

괜찮아
↓

렉스는 몇 시간 동안 집에 혼자 있다 보니 너무 심심했어요. 사냥을 하고 싶었지만, 집 안에는 스테고사우르스 같은 건 한 마리도 보이지 않았어요. 화장실에도요.

↑
최고

렉스는 시간을 보내려고 남은 치즈뻥을 모두 먹고(최고), 덩어리 치즈도 먹고(괜찮아), 비누도 먹고(우엑!), 화분에 있던 식물(스테고사우루스가 먹는 거)도 먹었어요.

← 최악!

맛없어 →

51

하지만 그래도 여전히 배가 고팠죠. 그래서 파란 네모 돈을 들고, 어떻게 여는지 모르겠는 문과의 씨름 끝에 장을 보러 나섰어요.

그날 저녁, 일을 마치고 집에 돌아온 빅풋이 장바구니를 현관에 내려놓으며 말했어요.

"렉스, 나 왔어! 슈퍼에 들러서 뭘 좀 샀어. 저녁으로 '라자냐'라는 걸 만들어 먹으려고. 아마 너도 좋아할⋯⋯."

바로 그때, 빅풋의 눈에 방바닥에 굴러다니는 온갖 봉지와 쇼핑백이 들어왔어요. 방 안에 발디딜 틈이 없을 정도였죠. 렉스가 큰길에 있는 슈퍼마켓, 약국, 소품 가게 등 가게란 가게는 다 들러서 물건을 산 것 같았어요. 거기다 기막히게도 부자들만 사는 하크넬 앤드 르프로이 명품 가방도 있었어요!

거실에도 골프채, 비치볼, 양파, 맞춤 안경 여섯 개, 수많은 강력 테이프, 재미있어 보이는 말 조각상 등 잡다한 물건이 가득 담긴 쇼핑백이 쌓여있었어요.

렉스는 그 모든 것에 둘러싸인 채 대용량 치즈뻥을 스무 봉지째 먹고 있었죠.

"렉스!" 빅풋은 충격과 공포 속에서 쇼핑백에 담긴 물건들을 꺼내기 시작했어요.

"평범한 사람은 이렇게 많은 물건이 필요하지 않아!"

"소리치지 마, 빅풋. 아까 소리치면 안 된다고 했잖아.

가게가 정말 많더라! 그렇게 많은 거
알고 있었어? 그 파란 네모 돈으로 여러
가지를 샀어."

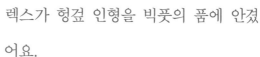

렉스가 치즈빵 부스러기를 마구 떨어뜨렸
어요.

"우린 이걸 다 살 수 없어!"

"이것 좀 봐. 나를 닮은 것도 있어!"

렉스가 쇼핑백 하나에 손을 뻗더니 빅풋의 눈앞에 플
라스틱 공룡을 당당하게 들이밀었어요.

"이게 다가 아니야." 렉스는 쇼핑백을 더 뒤졌어요.

"이건 너를 닮은 거야!"

렉스가 헝겊 인형을 빅풋의 품에 안겼
어요.

"하나도 안 닮았어. 이건 오랑우탄

인형이야. 색깔도 안 맞잖아. 설인과 오랑우탄은 달라. 설인에게 오랑우탄이라고 부르는 건 아주 무례한 말이야." 빅풋이 인형을 밀치면서 말했어요.

그러자 들떠있던 렉스의 기분이 싹 가라앉았어요.

"그래서 기분 안 좋아? 나는 내가 돈을 잘 쓴다고 좋아했는데……. 내내 변장하고 있었고, 복권도 안 사고, 진짜 인간처럼 행동했어. 인간들도 전부 그 네모 돈으로 **삐삐** 소리를 내더라."

빅풋은 한숨을 크게 쉬더니 다 먹은 치즈빵 봉지들 위에 털썩 주저앉았어요. 그리고 자신이 도시에 처음 왔을 때를 떠올렸죠. 지금이야 모든 것에 적응했지만 빅풋도 처음에는 물이 떨어지는 분수나 반려동물 가게 같은 것들이 아주 혼란스러웠거든요.

"알았어, 렉스." 마침내 빅풋이 말했어요. "너는 최선을 다했어. 그리고 오늘 사 온 것들 중에 정말 괜찮은 것도 몇 개 있어 보여. 그 넥타이는 아주…… 특이하네."

렉스는 무지갯빛 물방울무늬 넥타이를 자랑스럽다는

듯이 토닥였어요.

"하지만 조금 지나쳤어." 빅풋이 말을 이었어요. "우리는 이걸 다 살 만큼 돈이 많지 않아. 돈이 다 없어지지 않게 조심해야 해."

"네모 돈도 없어져? 내 눈에는 아침이랑 똑같아 보이는데?" 렉스가 말했어요. "거기 돈을 다시 채울 수는 없는 거야?"

"그래, 거기 돈을 다시 채울 수 있어, 렉스." 빅풋이 골똘히 턱을 두드리며 말했어요.

"이제 네가 그 방법을 배울 때가 된 거 같아."

쿵 쿵 쿵!

5장
탐사

윗집에서 다양한 소리가 들려오기 시작했어요. 렉스라는 사람을 본 날부터요.

원래 샌드라는 아파트에서 나는 흔한 평범한 소음에 익숙했어요. 파이프가 **달가닥**거리는 소리나 문을 **쾅** 닫는 소리 말이에요. 민스 할머니네 강아지 짖는 소리 (이 강아지는 항상 짖었어요)도 빼놓을 수 없었죠.

하지만 이 소리는 달랐어요. **쿵쿵** 소리와 **으르렁 으르렁** 소리가 다시 한번 들리자 샌드라는 마음을 먹었어요. 그리고 부엌으로 갔죠.

"엄마, 아빠." 샌드라가 말했어요. "매디가 없어도 탐사를 해야 할 것 같아요."

샌드라는 새로운 미스터리가 생긴 걸 알면 매디가 얼마나 좋아했을까 하는 생각 같은 건 하지 않으려고 했어요.

"샌드라! 또 한 번 이웃집을 염탐할 생각이라고 말하러 온 거라면 당장 그만두는 게 좋을 거야."

엄마는 개리의 목에 턱받이를 두르느라 정신이 없어 보였어요.

"제 말 좀 들어보세요. 위층에서 진짜 이상한 소리가 들린단 말이에요."

"이상한 소리라니? 도시에서 이상한 소리가 나 봤자지." 아빠가 시리얼을 먹으면서 말했어요. "그리

고 아파트에 살면 원래 그런 법이야, 샌드라."

그때, 공룡의 포효 소리 같은 커다란 울음소리가 래리에게서 터져 나왔어요.

"래리가 또 발동이 걸렸네. 다른 애들도 따라서 울기 전에 빨리 달래줘야겠다."

아빠가 래리를 안고 안방으로 들어갔어요.

샌드라는 엄마에게로 눈을 돌렸어요.

"잠깐만 제 얘기 좀 들어보세요, 네? 그러면 제 말이 무슨 말인지 이해되실 거예요. 어쩌면 엄마랑 저랑 같이…… 탐사를 할 수도 있고요."

그러자 엄마가 샌드라 곁에 다가오더니 샌드라의 손을 꼬옥 잡아 주었어요(이건 좋았어요. 엄마 머리카락에 덕지덕지 붙은 이유식은 지저분해 보였지만요).

"미안하구나, 샌드라." 엄마가 말했어요. "하지만 엄마가 지금은 시간이 없어. 너도 학교에 가야 할 시간이고 말이야. 나중에 꼭 같이 놀아줄게, 약속해. 그렇지만 지금은 네가 얌전히 지내면서 이웃들을 귀찮게 하지 않았으면 좋겠어."

샌드라는 실망했지만 어쩔 수 없었어요.

혼자서 탐사를 떠나는 수밖에요.

부모님이 모두 외출하고 잠시 동생들을 봐주러 온 육
아 도우미도 잠이 든 어느 날 저녁, 샌드
라는 경찰이 나와서 온갖 사건을 파
헤쳐주는 TV 프로그램을 보았어요.
거기서 의심 가는 사람에 대해 무
언가 알아내려면 일단 그 사람의
쓰레기통 먼저 뒤져봐야 한다는
걸 알게 됐죠. 보통 쓰레기통에
실마리, 지문, DNA 같은 온갖
증거가 다 들어있다고 했거든
요(샌드라는 DNA가 뭔지 잘
몰랐지만 그게 뭔지 알아

볼 수 있을 거라고 생각했어요).

다음 날, 샌드라는 학교를 마치고 집에 돌아오자마자
빅풋의 쓰레기통을 뒤지러 아파트 건물 뒤쪽 골목으로
갔어요.

하지만 탐사를 시작하기도 전에 누군가를 발견했죠. 바로 해나 쌍둥이와 함께 골목을 지나가고 있는 매디였어요!

아주 잠깐이었지만 샌드라는 망설였어요. 그러고는 마음을 먹고 소리쳤죠.

"매디니? 너한테 하고 싶은 말이 있어!"

처음에 샌드라는 매디가 자기 말을 못 들은 줄 알았어요. 매디가 들은 척도 하지 않았거든요. 하지만 잠시 후에 기대와는 다른 목소리가 들렸어요.

"매디, 쟤 너랑 놀던 샌드라 아니야?" 해나 파커의 목소리였죠. "쟤 쓰레기통에서 뭐 하는 거야?"

"그냥 가던 길 가자." 이번에는 매디였어요. 목소리가 아주 조그맸어요.

"아냐, 쟤 진짜 이상해. 대체 쓰레기통에서 뭐 하고 있는 건지 보러 가자."

이 말을 끝으로 해나 파커가 골목 끝에 모습을 드러내더니 샌드라가 있는 쪽으로 걸어오기 시작했어요. 해나 밀러와 매디가 그 뒤에 바짝 붙어 따라왔죠. 하지만 매디는 기분이 별로 좋지 않은 것 같았어요.

이미 샌드라의 머릿속에는 해나 쌍둥이의 관심을 끄는 건 별로 좋은 일이 아니라는 생각이 들기 시작했어요. 하지만 오랫동안 단짝처럼 지내오던 친구를 이대로 포기하기도 싫었죠. 샌드라는 매디의 진심을 확인해보고 싶어서 결국 다시 한번 대화를 시도해보기로 했어요.

"매디, 우리 아파트 위층에서 수상한 일이 벌어지고 있어. 네가 요즘엔 이런 일에 별로 관심 없다는 건 알지만, 이건 진짜 미스터리를 탐사해볼 기회야."

샌드라는 쓰레기통에 가득한 수백 개의 치즈뻥 봉지를 가리켰어요.

"이걸 봐!"

하지만 매디는 샌드라를 보고 인상만 쓰고 있을 뿐이었어요.

65

"<u>으 으 으!</u>" 해나 파커가 소리쳤어요. "뭐야, 옆집 쓰레기통을 뒤지고 있던 거였니? 너무 더럽잖아! 안 그래, 매디?"

하지만 매디는 계속 아무 말이 없었죠.

샌드라는 이제 정말 초조했지만, 마지막으로 다시 한 번 매디를 설득해보기로 했어요. 어쨌거나 풀어야 할 진짜 미스터리가 드디어 생겼으니까요! 어떻게 해야 매디가 알아차릴 수 있을까요?

"여기 쓰레기통 속을 한 번만 보면……." 샌드라가 다시 말했어요.

"나는 이제 그런 놀이 안 해, 샌드라!" 매디가 마침내 입을 열었고, 어딘가 화가 난 것 같았어요.

"쓰레기통을 뒤지는 건 별난 일이야."

"그리고 더러워." 해나 밀러가 덧붙였어요.

"하지만 이건 정말……."

"그만해, 샌드라!"

매디가 샌드라에게 얼굴을 찡그렸어요.

"이제 너도 '정상적'으로 살아봐."

해나 쌍둥이가 까르륵 웃음을 터뜨렸어요.

"쓰레기통 속으로 밀어 넣을까?" 해나 밀러
가 말했어요.

"툭 밀어서 안으로 떨어뜨리자."

"그래!" 해나 밀러가 말하고 구
호를 외치기 시작했어요.

"쓰레기통, 쓰레기통, 쓰레기통!"

"쓰레기통!" 해나 파커도 따라 했어요.

매디는 쓰레기통 꼭대기에 위험한 자세로
걸터앉아 있는 샌드라를 아무 말 없이 바라봤
어요. 샌드라 역시 매디를 바라봤죠.

"매디, 제발." 샌드라가 말했어요. "대체 왜……."

하지만 해나 쌍둥이가 계속 응원하자 결국 매디는 샌
드라를 세게 밀었어요.

다행히도 쓰레기통 안에 치즈빵 봉지가 워낙 많아서
떨어진 충격은 크지 않았어요. 샌드라는 매디가 새 친

구들과 키득거리며 골목을 떠나는 소리가 사라질 때까지 쓰레기통 바닥에 누워서 꼼짝도 하지 않았어요.

당장이라도 눈물이 나올 것 같았죠. 하지만 샌드라는 울지 않았어요. 더 중요한 일에 집중해야 했거든요. 매디는 이제는 더 이상 관심 없을지 몰라도, 이건 진짜 미스터리니까요.

쓰레기통 속을 빠르게 훑어본 샌드라는 자신에게 새로운 탐사 파트너가 필요하다는 결론을 내렸어요. 도대체 무엇이 이렇게 큰 이빨 자국을 남길 수 있는지 알아내려면 도움이 필요할 것 같았으니까요.

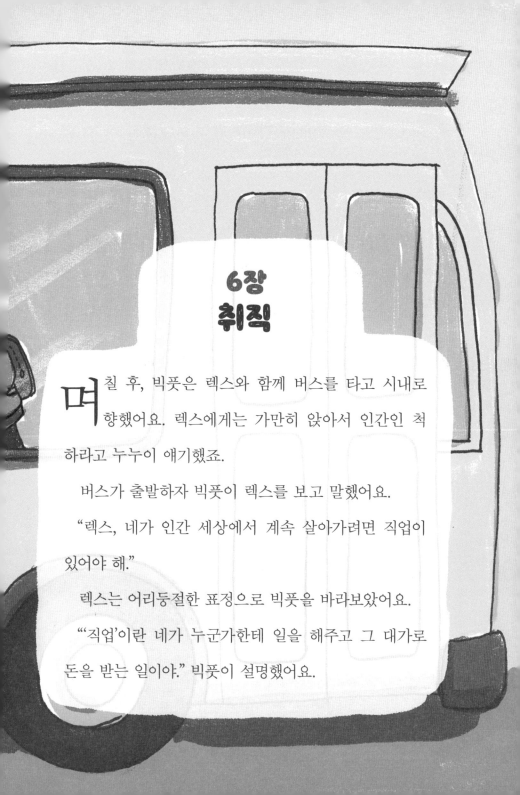

6장
취직

며칠 후, 빅풋은 렉스와 함께 버스를 타고 시내로 향했어요. 렉스에게는 가만히 앉아서 인간인 척하라고 누누이 얘기했죠.

버스가 출발하자 빅풋이 렉스를 보고 말했어요.

"렉스, 네가 인간 세상에서 계속 살아가려면 직업이 있어야 해."

렉스는 어리둥절한 표정으로 빅풋을 바라보았어요.

"'직업'이란 네가 누군가한테 일을 해주고 그 대가로 돈을 받는 일이야." 빅풋이 설명했어요.

렉스의 얼굴이 밝아졌어요.

"나도 일할 수 있어! 그러면 파란 네모 돈을 다시 채울 수 있는 거지?"

"그래." 빅풋이 고개를 끄덕였어요. "나는 '비즈니스코프'라는 회사에 다니고, 프린터 운영팀장을 맡고 있어. 내가 너를 연필 관리 신입 사원으로 입사시켰어."

"그럼 나는 무슨 일을 하면 돼?" 렉스가 물었어요. "나는 발 구르기랑 으르렁거리기를 잘하는데."

"너는 주로 연필을 관리할 거야. 하지만 걱정할 거 없어. 모든 걸 알려줄 설명회를 준비했으니까."

렉스는 얼굴을 찌푸렸어요.

"지난번처럼?"

"아냐." 빅풋이 말했어요. "이번 게 훨씬 길어."

도착해 보니 '회사'라는 곳은 커다란 회색 상자 같은 건물이었어요. 회색 상자 안은 회색 인간으로 가득했죠. 빅풋은 렉스를 데리고 인간들 틈을 쓱쓱 지나가서 '회의

실'이라고 불리는 마찬가지로 회색 상자같이 생긴 작은
방으로 들어갔어요.

빅풋이 렉스에게 노트와 연필을 건네주었어요.

"잘 들어, 렉스. 이 회사는 나한테 아주 중요하니까."

빅풋은 한발 뒤로 물러나서 사나워 보이는 어떤 인간
의 사진을 가리켰어요.

"우리 사장님 이름은 안드레아야." 빅풋이 설명을 시
작했어요. "사장님은 밀림의 제왕이라고 생각하면 돼. 최

고의 맹수인 거지. 사장님 앞에서 나를 곤란하게 만들면 안 된다는 걸 명심해. 나는 승진을 앞두고 있거든."

빅풋이 뿌듯한 미소를 지었어요.

"승진이라고?" 렉스가 말했어요.

"더 높은 자리에 올라가서 돈을 더 많이 받는다는 뜻이야." 빅풋이 말했어요.

"그러면 치즈뻥을 더 많이 살 수 있겠다."

빅풋은 이 말은 못 들은 척했어요.

"너는 몇 가지 간단한 규칙만 지키면 돼. 우선 머리를 숙여야 해."

그러자 렉스가 허리를 굽혀서 고개를 다리 사이에 넣었어요.

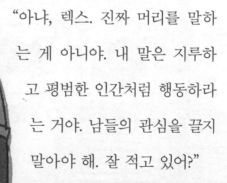

"아냐, 렉스. 진짜 머리를 말하는 게 아니야. 내 말은 지루하고 평범한 인간처럼 행동하라는 거야. 남들의 관심을 끌지 말아야 해. 잘 적고 있어?"

74

"응." 렉스가 말했어요.

"회사 생활에서 또 한 가지 중요한 부분은 휴게실이야."

빅풋은 렉스를 데리고 역시 회색 상자같이 생긴 다른 방으로 갔어요.

"여기가 휴게실이야. 점심시간이 되면 여기 와서 점심을 먹어."

"점심?" 렉스가 물었어요.

"하루의 중간에 먹는 샌드위치 같은 음식이야."

"아, 빵 탑 말이구나!" 렉스가 말했어요. "인간은 왜 빵 탑을 그렇게 납작하게 만드는지 모르겠어. 더 높이 쌓으면 좋을 텐데."

빅풋은 이 말도 못 들은 척했어요.

"여기서 차나 커피도 만들어 마실 수 있어. 인간처럼 보이려면 커피를 마셔야 하니까 지금 한 번 만들어보자.

가르쳐준 방법 안 잊어버렸지?"

렉스는 격렬하게 고개를 끄덕였어요. 그동안 집에서 커피 만드는 법을 연습해왔으니, 이제 그 모든 과정을 척척 해내서 빅풋을 놀라게 할 차례예요. 찬장 문을 열자(이제 문 여는 데 익숙해지고 있어요) 선반에는 머그컵이 가득했어요. 렉스는 그중 가장 마음에 드는 컵에 손을 뻗었어요.

"안 돼!" 빅풋이 렉스의 앞발을 치웠어요. "공룡 컵은 건드리지 마! 그건 회계부의 션 씨 거야."

그래서 렉스는 다른 컵에 손을 댔죠.

"안 돼. '월요일이 싫어요' 컵은 건드리지 마." 빅풋이 말했어요. "그건 영업부의 다넬 씨 거야."

렉스는 다른 컵을 꺼내려고 했어요.

"안 돼. 고양이 컵도 건드리지 마!" 빅풋이 고개를 저었어요. "그건 전산부 나이젤 씨 거야."

76

또다시 렉스가 다른 머그컵을 꺼내려고 할 때, 갑자기 인간이 나타났어요.

"브라이언 씨, 여기 있었군요!" 인간이 말했어요. "한참 찾았어요. 3층 프린터에 급한 문제가 생겼어요."

"매기 씨, 안녕하세요." 정신이 약간 산만해진 빅풋이 말했어요. "신입 사원에게 회사 생활을 안내해주고 있어서 지금은……."

"안드레아 사장님이 브라이언 씨가 직접 고쳐야 한대요. 사람들이 자꾸 종이에 손을 베이고 있어요!" 매기라는 이름의 인간이 말했어요.

빅풋은 렉스를 바라봤고, 렉스도 빅풋을 바라봤어요. 렉스는 빅풋 없이 혼자 다른 인간들하고 같이 있어도 괜찮을지 확신이 없었고, 그건 빅풋도 마찬가지였죠.

마침내 빅풋이 심호흡하더니 말했어요.

"렉스, 내가 돌아올 때까지 여기 가만히 있어, 알겠지? 다른 데 가지 말고 그냥 커피만 만들어."

이 말을 남기고 빅풋은 휴게실 밖으로 나갔어요.

그러자 매기 씨의 얼굴이 밝아졌어요.

"아, 신입 사원 분이 커피를 타 주시는 거예요? 그렇다면 제 것을 부탁드려도 될까요? 그리고 고객상담부의 대런 씨도 커피를 마시고 싶다고 했어요."

"나도 라테 하나 부탁해요!" 매기의 등 뒤에서 다른 인간이 소리쳤어요.

"나도!" 또 다른 인간이 소리쳤어요.

렉스는 손대면 안 되는 머그컵들을 바라보았어요. 금지된 머그컵들을 쓰지 않고 이 모든 인간들에게 커피를 만들어주려면 빅풋이 항상 말하는 '생각'이라는 걸 해야 했어요.

다행히 렉스에게 멋진 아이디어가 떠올랐어요.

"프린터 문제 잘 해결했어요, 브라이언 씨."

잠시 후 안드레아 사장이 빅풋과 함께 나타났어요.

"설비부의 노먼 씨가 어쩌다 프린터에 귀가 걸렸는지

모르겠네요. 하지만 브라이언 씨 덕분에 잘 해결됐어요.
사실 요새 브라이언 씨가 많은 잠재력을 보여줘서……."

갑자기 안드레아 사장이 우뚝 멈춰 섰어요.

"잠깐, 저 사람은 누구죠?"

렉스가 책상 사이를 누비면서 신기한 장치로 커피를
배달하고 있었어요.

"브라이언 씨, 저 신입 사원을 당장 내 방으로 보내
요!" 안드레아 사장이 이렇게 말하고는 사장실로 들어

커피 왔습니다!

갔어요.

빅풋은 불안해졌어요. 저건 고개를 숙인 채 지루하고 평범한 인간인 척하는 것과는 거리가 너무 멀었어요.

빅풋은 최악의 상황을 그리면서 렉스를 사장실로 데리고 갔어요.

"사장님도 커피 달래?" 렉스가 어리둥절해서 물었어요.

"아니." 빅풋이 식은땀을 흘리며 말했어요. "그냥 가만히 앉아서 듣기만 해."

사장실에 들어가자 안드레아 사장이 렉스에게 앉으라고 손짓했어요. 렉스는 안드레아 사장의 책상 앞에 놓인 의자에 간신히 앉았어요.

"신입 사원? 이 커피 배달 장치…… 회사에서 일반적으로 사용하는 장치가 아닌 건 알고 있죠?"

"나쁜 의도가 있었던 건 아닐 겁니……." 빅풋이 해명하려고 했어요.

"너무 천재적이라서 그래요!"

이어진 안드레아 사장의 말에 빅풋은 입이 딱 벌어졌어요.

"커피가 자리로 바로 배달되다니! 근로 의욕과 생산성 향상에 크게 기여할 거예요. 직원들이 휴게실에 가느라 시간을 낭비하는 일도 없고요. 완전 마음에 들어요. 신입 사원, 이름이 어떻게 되나요?"

"렉스입니다!" 렉스가 미소를 지으며 앞발을 흔들었어요.

"렉스 씨, 언제 한번 나랑 같이 골프 치러 갑시다. 지금 회사에 관리 부장으로 승진시킬 사람이 필요한데, 내가 볼 때는 렉스 씨가 딱이에요. 렉스 씨 생각은 어때요?"

81

렉스의 얼굴이 환해져서 빅풋을 바라보았어요.

"승진이래!"

빅풋의 눈이 휘둥그레졌어요. 관리부장은 자신이 원하던 자리였어요. 몇 달 전부터 관리부장으로 승진하기 위해 최선을 다해 인간 흉내를 내며 노력해왔죠. 그런데 렉스는 오늘 처음 출근해서 이상한 일 하나를 한 게 전부인데 렉스가 승진 기회를 가로채 버린 거예요! 이건 부당해 보였어요.

그때 매기 씨가 사장실로 뛰어 들어왔어요.

"사장님, 말씀 중에 죄송합니다만, 프린터에 다시 문제가 생겼습니다. 이번에는 노먼 씨의 머리가 통째로 프린터에 들어갔어요!"

"아까 다 고친 거 아니었나요, 브라이언 씨?"

안드레아 사장이 커다란 가죽 의자에서 일어났어요.

"브라이언 씨는 저랑 같이 내려가 봅시다. 렉스 씨, 여기는 렉스 씨가 맡아요. 커피 아이디어처럼 시간을 절약할 수 있는 여러 가지 아이디어를 계속 생각해보세요. **크고 대담하게** 생각해요!"

빅풋은 속이 부글거렸지만, 렉스에게는 억지웃음을 보였어요. 그리고 노먼 씨의 머리를 프린터에서 빼주기 위해 고분고분 안드레아 사장을 따라 나갔어요.

렉스는 가슴이 부풀어 올랐어요. 빅풋이 승진하면 돈을 더 많이 받는다고 했으니까요. 그러면 많은 문제들이 해결될 거예요. 빅풋도 렉스와 함께 사는 걸 좋아하게 되겠죠.

혼자 남겨진 렉스는 관리부장으로서 무슨 일부터 하면 될지 생각하기 시작했어요. 하지만 다행히도 안드레아 사장이 명확한 지침을 내려주고 갔죠. 크고 대담하게 생각하라고요. 그래서 안드레아 사장과 빅풋이 노먼 씨의 머리가 끼어버린 프린터와 씨름하고, 다른 직원들이 점심을 먹는 사이에 렉스는 주전자에 물을 올리고 크고 대담한 일을 시작했어요.

사장님도 좋아하실 거야. 렉스는 생각했어요.

렉스는 이보다 더 크고 대담한 것은 없을 거라고 생각했어요. 그래서 돌아오는 빅풋을 발견하고 앞발을 크게 흔들었죠.

처음에는 빅풋도 신이 난 줄 알았어요. 두 팔을 높이 들고 렉스를 향해 뛰어왔거든요.

하지만 빅풋이 갑자기 소리를 질렀어요.

"세상에, 렉스! 너 뭐한 거야?! 아까는 내 승진을 가로채더니, 이제는 온 사무실을 커피 바다로 만들어? **우리 둘 다 해고될 거야!"**

렉스는 빅풋이 씩씩거리는 모습을 멍하니 바라보았어요. 너무 혼란스러웠죠.

"사장님 말대로 커피를 더 크고 대담하게 만들었어, 빅풋. 마음에 안 들면 치울게! 금방 해."

렉스는 커피가 가득 든 재활용 쓰레기통을 들고 벌컥벌컥 마시기 시작했어요.

"아냐, 렉스. 그런 식으로 치우면 안 돼!" 빅풋이 말했어요. "커피를 한꺼번에 그렇게 많이 마시면……"

그때, 커피를 마시던 렉스가 가만히 멈추었어요. 눈이 커지고 뺨이 부풀어 오르기 시작했죠. 결국 어마어마하게 큰 소리로 **"꺼어억"** 트림을 하면서 사무실 전체에 커피를 내뿜었어요.

그런데 안타깝게도 그 순간 안드레아 사장이 들어왔죠.

7장
체육 시간

그러는 사이 로어패터슨 초등학교에서는 모두가 싫어하는 수업이 한창이었어요. 바로 체육 수업이었죠. 체육 수업이 이렇게 인기가 없는 이유는 바로 체육 교사 립슨 선생님 때문이었어요.

"점프가 낮아. 더 높이, 더 높이 뛰어!" 립슨 선생님이 소리쳤어요.

립슨 선생님은 아이들을 별로 좋아하지 않았어요. 사실 선생님이 좋아하는 건 딱 두 가지뿐이었죠. 하나는 학생들에게 팔 벌려 뛰기를 시키는 것이고, 또 하나는 4학년 2반의 반려동물인 기니피그였어요. 체육 수업 시간마다 항상 기니피그를 어깨 위에 올려놓고 다닐 정도였죠.

"그렇지? 아가야?" 립슨 선생님이 기니피그에게 뽀뽀하듯이 쪽 소리를 내며 말했어요.

샌드라는 누구든 기니피그를 좋아할 수는 있다고 생

각했지만, 립슨 선생님은 조금 지나치다고 느껴질 정도
였어요.

하지만 지금 샌드라의 머릿속은 그보다 더 중요한 일
로 가득 차 있었어요. 바로 아니시에게 말을 거는 거예
요. 그래서 팔 벌려 뛰기를 하면서 살금살금 아니시 옆
으로 갔어요.

"아니시. 나 좀 도와줘." 샌드라가 점프하면서 힘겹게
말했어요.

"헉헉…… 지금?"

아니시는 땀을 뻘뻘 흘리고 있었어요.

헉헉

샌드라는 점프를 하는 사이사이에 매디와의 일, 매디와 하던 탐사와 새로운 이웃의 미스터리에 대해 설명해 줬어요.

"그래서 새로운 탐사 파트너가 필요해." 샌드라가 결론을 말했어요. "그리고…… 친구도."

샌드라는 점프를 멈추었어요. 말하고 나니 약간 불안했죠.

아니시가 매디처럼 들은 척도 안 하면 어떻게 하지?

아니시도 점프를 멈추고 허리를 굽힌 채 숨을 헐떡였어요.

"그 렉스 아저씨가 정말로 사람이 아닌 게 확실해?"

"응, 확실해. 그러니까 그 아저씨의 정체를 밝혀야 해." 샌드라가 말했어요. "아마 잘못 프로그래밍 된 로봇이 아닐까 생각 중이야."

아니시가 생각에 잠긴 듯한 표정으로 말했어요.

"근데 매디하고는 무슨 일이 있었던 거야? 전에는 항상 붙어 다니더니? 이제 너랑 같이 안 다니는 것 같던데."

샌드라와 아니시가 체육관 맞은 편에 있는 매디를 바라봤어요. 그때 마침 매디가 고개를 들었고, 잠시 셋의 눈이 마주쳤죠. 하지만 모두가 마치 우연이었던 것처럼 고개를 돌렸어요.

"그건 또 하나의 미스터리야." 샌드라가 말했어요. "그건 그렇고…… 나랑 같이 탐사할 생각 있어?"

아니시는 잠시 생각하는 척하다가 싱긋 웃었어요.

"당연하지! 그리고 친구가 되자는 것도 말할 필요도 없이 좋아."

아니시는 샌드라와 주먹을 부딪쳤고, 샌드라는 긴장이 풀리면서 참고 있던 숨을 길게 내쉬었어요.

"암호명이 필요해." 샌드라가 말했어요. "나는 '대왕 거미'로 하겠어."

그때, 립슨 선생님이 팔 벌려 뛰기를 멈추고 있는 둘을 발견했어요.

"샌드라! 아니시! 그게 팔 벌려 뛰기 하고 있는 거야? 내 사랑 기니피그야, 저게 팔 벌려 뛰기니?"

샌드라와 아니시가 다시 팔 벌려 뛰기를 시작했지만, 립슨 선생님은 도무지 성에 안 차는 것 같았어요.

"다들 점프가 엉망이야. 높이도 엉망, 속도도 엉망, 그리고 활기도 없어! 내가 어떻게 하는 건지 직접 보여줘야겠어."

그리고 시범을 보이기 시작했어요.

립슨 선생님은 곧바로 창문을 향해 달려가더니 기니
피그를 따라 창밖으로 몸을 던졌어요.

"우리 이쁜이이이이이이이!"

선생님은 그렇게 울부짖고는 눈앞에서 사라졌어요.

"괜찮아. 여기는 1층이니까." 누군가 창문 앞으로 달려가더니 소리쳤어요.

하지만 잠시 후 알프레드 교장 선생님의 엄한 목소리가 들렸고, 뒤이어 립슨 선생님의 퉁명스럽지만 풀죽은 목소리도 들려왔어요.

"체육 선생님이 바뀔 것 같네." 아니시가 말했어요. "나도 내 암호명을 정했어. 나는 '날아간 피그'야."

작가의 말: 혹시 기니피그를 걱정할까 봐 말씀드리는데 기니피그는 발가락을 접질렸을 뿐이에요. 기니피그는 한사코 동물병원에 입원하겠다고 했는데, 아마 립슨 선생님을 피하고 싶어서 그랬던 것 같아요.

4학년 2반은 단체로 기니피그의 병문안도 갔습니다.

현재, 기니피그는 4학년 2반 개리스의 집에서 행복하게 살고 있어요.

하지만 립슨 선생님과는 연락하지 않습니다.

작가의 말에 대한 작가의 말: 참, 립슨 선생님도 무사했지만, 그 후로는 팔 벌려 뛰기를 하지 않는다고 해요.

물 튀기기 금지

다이빙 금지

8장
수영장

렉스는 수영장에 처음 와봤어요. 예전에는 바다를 별로 좋아하지 않았거든요. 파도도 싫고, 자기를 잡아먹으려고 하는 리오플레우로돈도 싫어했어요. 하지만 이 작은 실내 바다는 나무랄 데가 없었어요.

전날 회사에서 있었던 일만 아니라면 렉스는 훨씬 더 신이 났을 거예요.

빅풋은 자기는 해고되지 않았다는 사실에 마음이 많이 진정됐지만, 아직도 화가 나 있었어요. 그리고 아무리 그러지 않으려고 해도 약간은 슬프기도 한 것 같았죠. 오랫동안 노력해온 승진 기회를 렉스가 가로채버렸으니까요.

렉스는 분위기를 바꿔보고 싶어서 심호흡을 몇 번 하고는 말했어요.

"나는 나빠. 내가 나쁘다는 느낌이야. 하지만 네가 더 이상 기분 나쁘다고 생각하지 않았으면 좋겠어."

"네가 하고 싶은 말은 '미안하다'라는 말이야." 빅풋이 말했어요.

"그래, 아주 미안해. 치즈빵 좀 갖다줄까?" 렉스가 희망을 담아 웃어 보였어요.

빅풋은 렉스를 보다가 렉스의 커다란 슬리퍼를 내려다보았어요.

"괜찮아, 렉스. 너도 이번 일로 무언가 배운 게 있을 거야. 사장님한테 커피를 토하면 안 된다는 것 같은 거."

그러더니 휴대폰을 집어 들었어요.

"네시한테 전화해야겠다. 스포츠센터에는 늘 일자리가 있거든."

그렇게 해서 지금 렉스가 네시와 함께 수영장에 있게 된 거예요.

"수영장 옆에서 뛰지 마!"

삐리리리리! 아이들을 향해 네시가 호루라기를 불더니 렉스를 돌아보았어요.

"인명 구조 대원은 수영장을 잘 살펴서 모두의 안전을 지켜야 해."

렉스는 자기가 좋은 구조 대원이 될 수 있을 것 같다고 생각했어요. 맹수를 막는 일은 잘했었거든요.

"세 가지를 기억해." 네시가 말했어요. "물

튀기기 금지, 달리기 금지, 다이빙 금지. 그리고 위험에 빠진 사람을 보면 가서 도와줘야 해. 잘 모르겠으면 호루라기를 불어. 호루라기는 이렇게 부는 거야."

삐익~! 네시가 다시 한번 호루라기를 불었고, 렉스는 열심히 고개를 끄덕였어요.

"가서 수영복으로 갈아입고 와."

렉스는 수영복이 어색했지만, 인명 구조 대원 일은 별로 어려운 것 같지 않았어요. 렉스는 수영장 옆에 서서 인간들을 지켜보았고, 네시는 물속에 있다가 이따금 사람들에게 소리를 질렀어요.

"물 튀기기 금지!" 네시가 소리쳤어요.
"달리기 금지!" 렉스도 소리쳤어요.
"잘했어. 슬슬 익숙해진 것 같네, 렉스." 네시가 칭찬했어요.

렉스가 호루라기로 응답했어요.
"좋아. 이제 나는 잠깐 쉬고 올 테니까 네가 수영장을 살피면서 아이들이 사고 치지 않도록 잘 감시해."

네시는 주변을 쓱 둘러보다가 아무도 보고 있지 않다
는 걸 확인하고는 물속으로 깊이 들어가서 배수관 밖으
로 스르르 나갔어요.

렉스는 인명 구조 대원 의자에 앉아서 수영장을 살펴 보았어요. 모든 게 평화로워 보였죠. 렉스는 시험 삼아 호루라기도 불어보았어요.

하지만 그때 렉스의 배 속에서 **꼬르르르륵** 하는 소리가 우렁차게 울렸어요. 뱃속에 화난 알로사우루스 가 들어 있는 것 같았죠.

간식을 가져올걸!

간식 먹기는 렉스가 아주 좋아하고, 또 잘하는 인간 활동 중 하나였어요.

렉스는 아까 스포츠센터 로비에서 본 게 생각났어요.

바로 네모난 간식 상자!

렉스는 전에 빅풋이 네모난 간식 상자에 있는 작은 구멍에 동그란 돈을 넣으면 먹을 것들이 나올 거라고 말해준 기억을 떠올렸어요. 그리고 마침 렉스에게는 동그란 돈이 몇 개 있었죠. 이제는 파란 네모 돈을 쓰지 못하게 되었거든요.

렉스는 아무도 눈치 못 채게 재빨리 네모난 간식 상자로 가서 치즈뻥을 사 오려고 했어요. 완벽한 계획이었죠!

하지만 계획의 첫 단계부터 문제가 생겼어요. 상자 앞면의 버튼 누르는 법을 알아내는 데 생각보다 시간이 많이 걸린 거예요. 이 간식 상자를 한 번도 이용해본 적이 없었으니까요.

우여곡절 끝에 치즈뻥을 사는 데 성공했지만, 실수로 초코바와 칠리과자도 사고 레몬 맛 주스도 사게 됐어요.

렉스는 이 모든 걸 작은 두 팔에 안고 최대한 빨리 서둘러 수영장으로 돌아갔어요. 하지만…… 눈앞에 펼쳐진 광경에 렉스의 가슴이 철렁했어요.

렉스는 네시가 돌아오기 전에 질서를 되찾아야 했어요. 그래서 네시의 지시대로 했죠.

하지만 아무런 효과가 없었어요.

그러다가 진짜 큰 문제를 발견했죠. 맹수가 인간 아이를 납치해 가고 있는 거예요! 가만히 있을 수 없었어요.

렉스는 물에 뛰어들어서 맹수를 찾아 첨벙거렸어요. 하지만 중요한 사실이 생각났어요. 수영을 한 번도 해본 적이 없다는 거였어요.

사실 렉스는 수영할 줄 몰랐어요. 수영하는 인간들의 모습을 옆에서 보기만 했을 땐, 너무 쉬워 보였는데…….

두 팔, 두 다리, 꼬리를 아무리 맹렬히 휘저어도 몸이 물 위로 떠 오르지 않았어요. 오히려 애를 쓸수록 더 아래로 가라앉는 것 같았죠. 아래로, 아래로. 렉스는 공포에 사로잡혔어요.

그때, 인간들의 손이 자기를 잡아서 위로 끌어올리는 느낌이 들었어요. 렉스는 물 밖으로 나와서 수영장 가장자리에 쓰러졌어요.

마침 네시가 휴식을 마치고 돌아왔죠.

"사방에 물을 튀겼네! 내가 물을 튀기면 된다고 했어, 안 된다고 했어? 렉스, **넌 수영장 규칙을 어겼어!**" 네시가 성난 표정으로 말했어요.

버거

9장
요리사

수영장 사건 이후 빅풋과 렉스는 우울한 기분으로 도도 버거에 갔어요.

"이제 나도 스포츠센터에 못 갈 거야." 빅풋이 말했어요. "렉스, 네가 일을 너무 망쳤어. 넌 너무…… 인간스럽지가 않아."

"나한테 한 번만 더 일자리를 구해줄 수 없을까? 이번에는 아주 인간답게 행동할게." 렉스가 빅풋에게 도도 너겟을 건네며 간절하게 말했어요.

그때, 도도가 둘에게 다가왔어요.

"어쩌다 보니 너희 대화를 듣게 됐는데, 내가 렉스에게 도움을 줄 수 있을 것 같아. 지금 방송국에 촬영하러

117

가야 하는데 조수가 필요하거든. 렉스, 네가 해볼래?"

렉스는 기운이 번쩍 났어요.

"해도 돼, 빅풋?"

빅풋은 잠시 망설였지만, 어쩔 수 없다는 듯이 대답했어요.

"그래, 네가 말썽만 안 부린다면 괜찮아. 제발 인간답게 행동해, 렉스."

빅풋에게 손을 흔들어 인사할 겨를도 없이 도도가 렉스를 '택시'라는 것에 태웠어요.

택시는 순식간에 빅풋의 회사보다 훨씬 더 큰 건물에 도착했죠. 렉스는 도도를 따라서 이상한 상자가 가득하고 사람들이 바쁘게 움직이는 매우 밝은 큰 방으로 들어갔어요.

"도도, 이게 내 새로운 일이야?" 렉스가 질문했어요.

"맞아, 렉스!" 도도가 대답했어요. "나는 티브이에 나가서 우리 가게 신상품인 빵 없는 저지방 버거를 판매할거야."

렉스는 이제 티브이가 뭔지 잘 알아요. 거실에 있는 소리 나는 그림이었죠. 그 안에는 조그만 사람들이 돌아다녔어요.

"넌 내 조수 역할을 하면 돼." 도도가 말했어요. "유명인들에겐 다 조수가 있으니까."

그때, 손에 서류 뭉치를 든 어떤 여자가 렉스와 도도를 발견하고는 급하게 다가왔어요.

"오셨군요. 도도 사장님." 여자는 렉스의 앞발과 도도의 날개를 잡고 악수했어요.

"저는 로렌 PD라고 해요. 지금 난리가 났어요. 오늘 출연하시기로 한 초대 손님 한 분이 출연을 갑자기 취소하는 바람에 요리 코너에 나갈 요리사가 없어요!"

"이런……. 대타가 급하시겠군요." 도도가 깃털 눈썹을 치켜올리며 말했어요. "그 요리사가 유명한 분이었나요?"

"네! 아주 유명하죠." 로렌 PD가 말했어요.

"출연료를 많이 주시나요?"

"엄청 많이 주죠!"

도도가 눈을 가늘게 떴어요.

"그렇다면 로렌 PD님, 마침 잘됐네요! 여기 있는 제 친구가 유명한 프랑스 요리사거든요. 이름은 레몽…… 르…… 레몽 르블뢰예요! 레몽, 로렌 PD님에게 봉주르~ 하고 인사해."

도도가 렉스를 바라봤어요. 하지만 렉스는 멍하니 조명들만 쳐다보고 있었죠.

"레몽! 봉주르 하라니까!" 도도가 렉스의 정강이를 툭 찼어요.

"으! 어? 아…… 봉주르?" 렉스가 말했어요.

"여기 레몽이 그분을 대신해서 멋진 요리를 해줄 겁니다." 도도가 말했어요. "출연료는 똑같이 주셔도 좋습니다. 레몽은 프랑스에서 가장 유명한 요리사지만요."

"정말요?" 로렌 PD의 얼굴이 밝아졌어요. "이런 행운이 있나! 레몽 선생님, 덕분에 제가 살았네요. 필요하신 재료만 말씀해주시면 준비해드리겠습니다."

로렌 PD는 금세 사라졌고 렉스는 도도를 보고 눈을 깜박였어요.

"나는 요리사가 아냐. 그리고 프랑스가 대체 뭐야?"

"렉스, 나는 돈 벌 기회를 보면 놓치지 않아. 이 일을 하면 돈을 많이 준다잖아."

도도는 가방을 뒤져서 렉스에게 요리사 옷을 주었어요.

"어렵지 않아. 그냥 네 이름이 레몽 르블뢰라고 소개하고 '봉주르'라는 말만 하면 돼."

렉스는 눈이 휘둥그레졌어요.

"그런 다음에는 뭘 해야 해?"

"음식을 만들어, 렉스!" 도도가 날개를 파닥였어요. "출연자들에게 음식을 만들어주면 돼. 요리는 마음에서 우러나오는 거니까 네가 좋아하는 음식을 만들어. 걱정 마, 잘될 거야. 인간은 별난 것까지 다 먹으니까."

렉스는 재료 목록을 전달하자마자 밝은 조명 아래로 끌려갔어요. 밝은 불빛에 눈이 부셨죠.

"좋아요, 생방송 시작합니다. 3…… 2…… 1……."

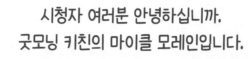

봉주르! 저는 인간 요리사,
레몽 르블뢰입니다.

오늘 여러분에게 음식을
만들어드리겠습니다. 봉주르!

제 친구가 저더러
제가 좋아하는 걸 요리하라고
하더군요.
제가 좋아하는
음식은 스테고
사우루스지만
도시에서는
통 구할 수가
없네요! 봉주르!

10장
맹수들

샌드라는 탐사 중에 어떤 놀라운 일이 생겨도 다 침착하게 받아들일 수 있다고 자신해왔어요. 하지만 이건 전혀 예상하지 못한 일이었어요.

"렉스 아저씨가 요리사였어?"

탐사의 속도를 올리기 위해 샌드라의 집에 와 있던 아니시가 너무 의아했던 나머지 코를 찡그렸어요.

"나는 아닌 걸로 알고 있어." 샌드라가 말했어요. "그리고 저 아저씨 이름도 레몽 르블뢰가 아니잖아! 아니시……."

"날아간 피그라고 불러야지." 아니시가 말했어요.

"날아간 피그." 샌드라가 다시 말했어요. "너한테 보여줄 단서가 몇 개 있어."

둘은 샌드라의 탐사 본부로 달려갔어요. 아파트 앞 작은 공원에 있는 가시덤불 뒤쪽의 낡은 헛간이었죠.

"그래, 대왕 거미. 네가 렉스 아저씨한테서 본 이상한 느낌새들은 뭐야?"

(**작가의 말**: 느낌새라는 말은 없어요. 느낌이라는 말이랑 낌새라는 말을 아니시가 합친 거예요.)

샌드라가 증거 목록을 가리켰어요.

"이런 게 있지……."

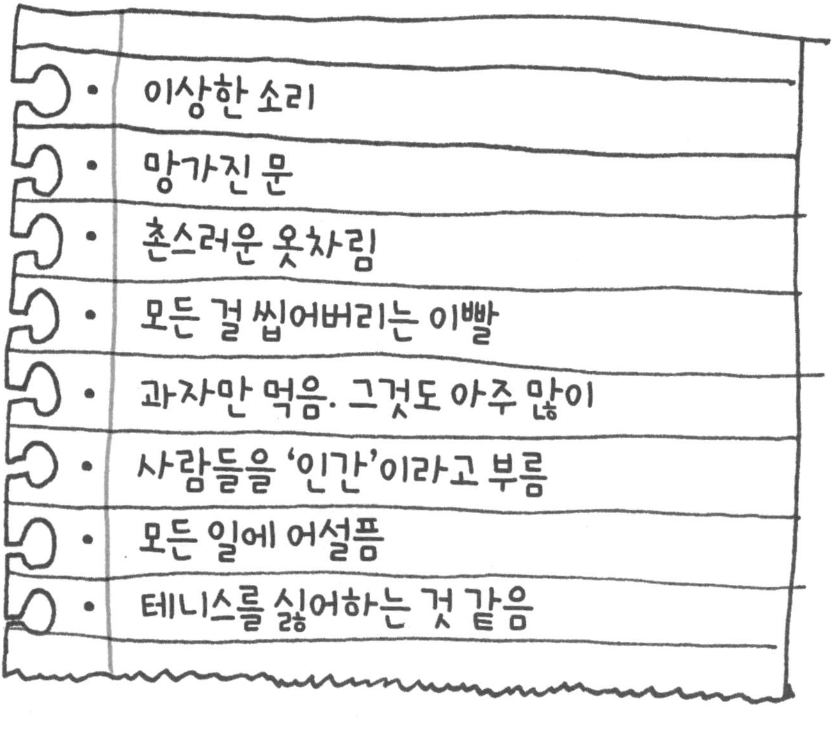

- 이상한 소리
- 망가진 문
- 촌스러운 옷차림
- 모든 걸 씹어버리는 이빨
- 과자만 먹음. 그것도 아주 많이
- 사람들을 '인간'이라고 부름
- 모든 일에 어설픔
- 테니스를 싫어하는 것 같음

"내 생각인데 말이야, 렉스 아저씨는 도시에 처음 와 본 것 같아."

샌드라가 쓰레기통에서 가져온 테니스 라켓을 들고 이빨 자국을 살피던 아니시가 말했어요.

"아니, 아예 이 세상에 처음 온 것 같은데."

아니시와 샌드라는 말을 멈추고 서로를 바라보았어요.

"설마……." 아니시가 말했어요.

"가능한 설명은 하나뿐이야!" 샌드라가 말했어요. "렉스 아저씨는 인간이 아니야. 그 아저씨는……."

외계인이야!

샌드라와 아니시가 동시에 말했어요.

"우주선도 있을까?" 샌드라가 헛간 창밖을 내다보면서 물었어요.

"당연히 있겠지." 아니시가 말했어요. "안 그러면 어떻게 지구에 왔겠어? 아마 지구가 어떻게 돌아가는지 알아보려고 왔을 거야. 그러니까 모든 일에 그렇게 어설프지. 풋 아저씨는 어때? 아저씨도 렉스 아저씨가 외계인이라는 걸 알고 있을까?"

샌드라가 빅풋의 아파트를 올려다보았어요.

"아마 모르고 있는 것 같아."

"우주선을 어디 감췄을까? 주차장을 수색해볼까?"

샌드라와 아니시는 헛간 문을 열고 나와 주차장을 향해 잔디밭 위를 달리기 시작했지만…… 얼마 지나지 않아 저 멀리 매디가 해나 쌍둥이와 함께 자신들을 향해 다가오는 모습이 눈에 들어왔어요. 다시 탐사 본부로 돌아가기에는 너무 늦었죠.

"네가 왜 여기 와서 놀자고 했는지 알겠다." 해나 파커가 매디에게 말했어요. "쓰레기통에 빠진 애나 다시 놀려볼까?"

"여기는 왜 왔어? 이젠 나랑 같이 안 놀 것처럼 굴더니 왜 우리 아파트에 찾아온 거야?" 샌드라가 해나 파커의 말을 무시하고 매디에게 말했어요.

"샌드라, 있잖아……." 매디가 대답하려고 하는 순간, 해나 밀러가 갑자기 끼어들었어요.

"너한테서 쓰레기통 냄새를 없애려면 뭐가 필요한지 알아? 바로 신선한 잔디야!"

샌드라가 그 말이 무슨 뜻인지 알아차리기도 전에 해나 밀러가 샌드라의 발을 걸어 넘어뜨리더니 잔디를 한 움큼 뜯어서 샌드라의 티셔츠 속에 넣기 시작했어요.

"이거 봐, 매디. 잔디야!"

해나 밀러가 매디에게 주먹에 쥔 잔디를 흔들어 보였

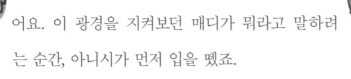

어요. 이 광경을 지켜보던 매디가 뭐라고 말하려는 순간, 아니시가 먼저 입을 뗐죠.

"그만둬, 위험해!" 아니시가 소리쳤어요.

그러자 이번에는 해나 파커가 아니시의 다리를 깔고 앉아서 아니시의 머리카락 속에 민들레를 넣기 시작했어요.

"얘 힘 진짜 세다!" 아니시가 해나 파커의 공격에서 빠져나오려고 버둥거리며 말했어요.

샌드라도 해나 밀러의 잔디 공격을 막으려고 몸을 마구 흔들었죠.

"원래 탐사라는 게 이렇게 위험한 거야, 샌드라?" 아니시가 물었어요.

한편, 렉스는 집에 다 와갔지만, 빅풋에게 방송국에서 있었던 일을 말하기가 두려웠어요. 그러다가 모퉁이를 돌았을 때, 눈앞에 펼쳐진 광경에 깜짝 놀랐죠.

사나운 맹수들이 아래층에 사는 꼬마 인간을 공격하

고 있었어요! 그리고 그 아이의 일행인 것 같은 다른 꼬마 인간도 함께 있었죠.

렉스는 가만히 있을 수가 없었어요. 렉스는 맹수를 어떻게 다뤄야 하는지 잘 알고 있었죠. 누군가 불쑥 나타나서 자신이 공룡의 제왕인 것처럼 굴 때 어떻게 해야 하는지 같은 것 말이에요. 렉스는 가슴을 부풀리면서 아이들을 향해 **쿵쿵** 달려갔어요. 그리고 앞발을 흔들며 덩치가 더 커 보이게 만들었어요.

샌드라는 입이 딱 벌어졌어요. 잔디를 모두 삼켜버릴 정도로요. 렉스 아저씨가 더러워진 요리사 복장으로 거대한 이빨을 드러내면서 쿵쿵 달려오고 있었거든요.

"도망쳐야 해, 당장!" 매디가 소리치며 해나 밀러를 샌드라에게서 떼어냈어요.

"그냥 장난이었어요!" 해나 밀러가 달아나면서 소리쳤어요.

"쟤네가 먼저 시작했어요!" 해나 파커가 소리쳤어요.

풀밭에는 샌드라와 아니시만 남았죠. 온몸이 풀로 범벅이 됐지만 다행히도 다친 데는 없었어요.

렉스가 허리를 굽혀 아이들과 눈높이를 맞추고 말했어요.

"꼬마 인간들아, 내가 맹수를 쫓아냈어. 혹시 녀석들이 너희를 물었니?"

샌드라는 렉스를 올려다보았어요. 외계인과의 대화라니, 너무 떨렸어요.

"물지는 않았어요. 고마워요."

"놈들은 이제 다른 데 가서 사냥해야 할 거야." 렉스가 말했어요. "벨로시랩터들도 항상 그랬거든."

"전에 삼촌이랑 외계인이 나오는 영화를 본 적 있어, 대왕 거미." 아니시가 샌드라에게 재빨리 속삭였어요. "그래서 이럴 때 뭐라고 말해야 하는지 알지!"

그러고는 렉스에게 다가가 말했어요.

"안녕하세요, 외계인 아저씨. 대장을 만나고 싶어요."

샌드라가 아니시를 보고 얼굴을 찌푸렸어요. 렉스는 어리둥절한 표정이었어요.

우주선은 어디에 숨긴 건가요?

140

"대장이라면 빅…… 그러니까 풋 아저씨 말이야?" 렉스가 말했어요. "나중에 만나게 해줄게. 오늘은 풋 아저씨 기분이 안 좋을 거야. 꼬마 인간들, 봉주르!"

그 말을 끝으로 렉스는 떠나갔어요.

샌드라는 흥분을 감출 수가 없었어요.

"우리 방금 외계인이랑 얘기했어!"

샌드라는 처음으로 미스터리를 풀어냈을 뿐 아니라 외계인도 만났어요. 어른 탐사자들도 하지 못한 일이죠!

"완전 끝내줘!"

하지만 미소 짓던 아니시의 표정이 심각해졌어요.

"그런데 대왕 거미, 매디는 왜 저러는 거야? 해나 쌍둥이야 원래부터 못된 애들이지만, 그래도 매디는 좋은 애라고 생각했었거든. 그런데 우리가 꼴 보기 싫으면서도 우리한테 관심이 많은 것 같아."

샌드라가 어깨를 으쓱했어요.

"나도 잘 모르겠어."

"매디가 널 계속 괴롭히면 부모님께 말씀드려."

샌드라는 엄마, 아빠께 말해볼까 생각해봤지만, 머릿속에는 래리, 개리, 배리가 동시에 우는 모습만 떠올랐어요. 샌드라는 화제를 돌렸죠.

"방금 외계인을 만났는데 왜 매디 이야기를 해? 네가 대장 어쩌고 해서 렉스 아저씨가 당황했잖아."

"하지만 너도 들었듯이 풋 아저씨가 대장이라는 식으로 말했잖아. 그러니까 풋 아저씨도 외계인인 게 분명해." 아니시가 말했어요.

샌드라는 감동했어요. 아니시의 탐사 실력이 빠르게 향상되고 있었어요.

"감 좋은데, 날아간 피그?" 샌드라가 말했어요. "이제 우리는 최초의 외계인 접촉자로 역사에 기록될 거야. 증거만 찾으면 돼."

"증거를 어떻게 찾아?" 아니시가 물었어요.

"우리 아파트 건물 주인인 민스 할머니 있잖아." 샌드라가 말했어요. "할머니는 우리 아파트에 있는 모든 집의 열쇠를 가지고 있어. 네가 할머니 주의를 끌면 내가 몰래 풋 아저씨네 집 열쇠를 가져올게."

둘은 곧바로 민스 할머니에게로 향했고, 아니시의 열정적인 노력은 멋지게 성공했어요.

작가의 말: 샌드라와 아니시의 계획이 좀 허술해 보여도 걱정하지 말아요. 아주 차근차근 철저하게 계획한 거예요.

① 쉬잇!
조용히 문 앞으로 간다

열쇠로 문을 연다

상황을 판단한다
②

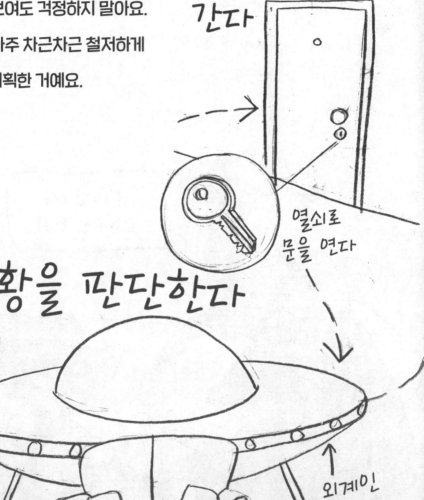

외계인 우주선

글루

커피

러그

③ 증거를 모은다*

레이저

우주선 열쇠

외계인 슬라임

④ 닌자처럼 몰래
빠져나온다

* 계속 잘 살핀다

나는 소리 없는 그림자다

⑤ 열쇠를 돌려놓는다

발소리가 안 나는 작은소리

간식 챙기기

11장
모든 기회는 사라지고

렉스는 자신에게 주어진 마지막 기회까지도 망쳐버렸다는 것 정도는 알고 있었지만, 빅풋이 집에 온 뒤에야 상황의 심각성을 깨닫게 되었어요.

빅풋은 렉스의 침대 끝에 힘없이 털썩 앉았어요.

"이건 정말 너무해, 렉스. 일주일 만에 세 번이나 해고
되는 경우는 본 적이 없어……. 그리고 방송국에서 있었
던 일은 정말로 분통이 터져. 너는 내가 왜 화가 났는지
알긴 해?"

"아무것도 안 터졌는데?" 렉스가 방어하듯 말했어요.
"그리고 그 더러운 요리사 옷도 집에 안 가져왔어."

"그런 걸 말하는 게 아냐." 빅풋의 갈색 이마에 깊은
주름이 졌어요.

"그럼, 방송국을 지저분하게 만들어서? 방송국도 집에 데려오지 않았어."

"아냐." 빅풋이 짜증을 왈칵 내며 말했어요.

"집에 음식을 안 가져와서 그래?"

"아냐, 아냐, 렉스! 그런 거 때문이 아니라고!"

빅풋이 침대에서 벌떡 일어나더니 답답하다는 듯이 두 손으로 머리털을 움켜잡았어요.

"네 행동이 너무…… 이상하잖아! 스테고사우루스가 어쩌고 떠들질 않나, 라자냐를 바른 살아있는 양을 사람들한테 먹이려고 하질 않나. 그것도 티브이 방송에서 말이야!"

"난 그 사람들이 재미있다고 할 줄 알았는데. 하지만 인간과 공룡이 다른 걸 내가 어떻게 해……. 도도는 내 덕분에 인간들이 먹기 싫어하는 것도 있다는 걸 알게 돼서 정말 놀랐다고 했어."

"이런 난리를 치르고 나니 솔직히 이제는 도도의 판단력을 믿지 못하겠어. 나 혼자 그 많은 치즈빵 값을 다

댈 수는 없어. 도움이 필요하다고. 그런데 렉스, 내가 보기에 너는 노력조차 하지 않는 것 같아." 빅풋이 깊은 한숨을 내쉬며 말했어요.

"나도 노력하고 있어!" 렉스가 이불을 바짝 끌어당긴 채 두 눈만 밖에 내놓고 말하기 시작했어요.

"하지만 모든 게 낯설어서 너무 어려워. 인간 세상은 내가 살던 공룡 세상이랑은 달라도 너무 달라. 하지만 내가 인간처럼 행동하는 게 서툰 이유가 내가 공룡이기 때문이라는 걸 인간들이 알게 되면 내 모든 행동을 그렇게 이상하게 보진 않을 거야."

"몇 번을 말해야겠니, 렉스? 너 정말 평생 동물원에 갇혀 살고 싶어? 네가 공룡이라는 사실을 밝히면 인간들은 그물과 우리를 들고 여기로 들이닥칠 거야! 그건 너무 위험해."

빅풋은 쿵쿵 소리를 내며 방 안을 서성였어요. 그 소리와 비교하면 렉스의 발소리는 슬리퍼 신은 생쥐 발소리 같았죠.

렉스는 두 앞발로 이불을 더 끌어당 겼어요.

"말이 안 돼. 인간들은 공룡 영화도 만들고…… 공룡 티셔츠도 만들고……

공룡 머그컵도 만들고…… 공룡 장난감도 만들어. 심지어는 공룡 모양 파스타도 봤어. 내가 공룡이라는 걸 인간들이 왜 싫어할 거라는 거야?"

렉스는 이제 빅풋에게 화가 나기 시작했어요. 자신은 정말 최선을 다했는데, 빅풋은 아무것도 마음에 안 들어 하는 것 같았으니까요.

렉스는 용기를 끌어모아서 공룡 장난감을 집어 들고 빅풋을 가리켰어요.

"빅풋, 너는 겁을 먹고 있어. 넌 진짜 자기 자신이 되는 걸 두려워하는 것 같아."

"겁나는 게 당연한 거야! 너는 인간에 대해 아무것도 몰라. 또 인간처럼 사는 것에 대해서도. 네 행동은 모두를 위험에 빠뜨리고 있어. 우리 둘뿐

151

만 아니라 도도와 네시까지!"

빅풋의 목소리가 커지고 콧구멍이 벌렁거렸어요. 그리고 거대한 두 팔을 공중에 휘저었죠.

"공룡 영화라고? 공룡 영화 본 적이나 있긴 해? 영화에서 공룡은 인간을 잡아먹고, 인간은 그런 공룡을 피해서 달아나. 인간들은 너도 똑같이 인간을 잡아먹을 거라고 생각해. 인간들에게 넌 그저 무섭고 위험한 공룡일 뿐이야!"

털북숭이 빅풋의 모든 털이 파르르 일어서서 안 그래도 큰 빅풋의 덩치가 훨씬 더 커 보였어요.

"네가 오기 전까지 우리는 잘해 나가고 있었어, 렉스. 안전했다고! 너를 처음 발견한 날 너를 박물관에 그냥 두고 나올 걸 그랬다."

빅풋은 마지막으로 발을 한번 구르더니 방문을 열고 뛰쳐나갔어요. 그러고는 아예 집 밖으로 나가 버렸죠.

렉스는 갑자기 속이 울렁거리기 시작했고 온몸의 힘이 빠졌어요. 선사시대가 눈에 아른거렸어요. 숲, 늪, 화산, 스테고사우루스, 심지어 벨로시랩터도 그리웠죠. 하지만 렉스가 알았던 것들은 이제 사라지고 없어요.

렉스는 작은 두 팔에 공룡 장난감을 끌어모아 안고 훌쩍거렸어요.

그때 옷장에서 꼬마 인간이 튀어나왔어요.

12장
미스터리가 풀리다

깜짝 놀란 렉스는 울음이 뚝 그쳤어요. 그리고 옷
장 앞으로 뛰어갔어요.

"옷장 안에 작은 인간들이 사는지 몰랐어. 빅풋이 여
기는 양말 같은 걸 넣어두는 곳이라고 했거든. 너희 집
에 속옷을 잔뜩 넣어서 미안해."

샌드라가 벌떡 일어났어요.

"아저씨 공룡이에요? 진짜 티라노사우루스예요? 공룡은 멸종된 거 아니었어요?"

렉스는 이제 슬슬 걱정되기 시작했어요. 인간에게 정체를 들켰다는 걸 알게 되면 빅풋이 정말 화를 낼 거예요. 그리고 빅풋이 지금보다 더 펄펄 뛰면서 화를 내면 아마 아파트가 무너질지도 몰라요.

"날 동물원에 보내지 말아줘! 겁내지 마. 널 잡아먹지 않을 테니까. 나는 치즈빵을 먹어."

"겁내지 말라고요? 전 겁 안 나요. 이건 제 인생 최고의 사건인걸요! 제 이름은 샌드라예요. 진짜 환상적이에요. **공룡은 최고예요!**" 샌드라가 환하게 웃으며 말했어요.

렉스는 이 말을 이해하는 데 시간이 조금 걸렸어요.

"그러면 너는 공룡을…… 좋아한다는 거야?"

"네! 최고예요." 샌드라가 고개를 끄덕이더니 다시 한 번 말했어요.

렉스 생각이 맞았어요. 인간은 공룡을 좋아했어요! 역시 그렇지 않으면 공룡 모양 파스타가 있을 리가 없어요!

"그런데 말도 하네요! 공룡도 말을 할 줄 아나요?" 샌드라가 말했어요.

렉스는 잠깐 생각해봤어요.

"원래는 그냥 으르렁거리기만 했는데 빅풋이 말하는 법을 가르쳐줬어. 아마 말하는 공룡은 나뿐일 거야."

"갈수록 재미있네요!" 샌드라가 즐거워서 깡충거리다가 갑자기 고개를 돌리더니 말했어요.

"아니시, 괜찮아! 나와도 돼."

그러자 렉스의 서랍장 안에서 뭐라고 외치는듯한 말
소리와 우당탕 부딪히는 소리가 들렸어요.

"도와줄게."

샌드라가 서랍장 맨 아래 칸을 열자 전에 본 적 있는
꼬마 인간 아니시가 나왔어요.

"여기 몇 명이나 있는 거야? 인간은 모두 무리를 지어
서 다녀?" 렉스가 물었어요.

"저희 둘이 전부예요." 서랍장 안에 있던 아니시가 렉스의 반바지를 털어내고 나오면서 말했어요. "저는 아니시예요."

아니시가 렉스의 앞발을 잡고 열렬하게 악수를 하면서 밝게 웃었어요.

"공룡을 만난 건 난생처음이에요. 사인 좀 해주세요."

"사…… 뭐?" 렉스가 물었어요.

"그러면 풋 아저씨도 공룡이에요? 아니면 그분은 외계인이 맞나요?" 아니시가 물었어요.

"빅풋은 설인이야. 인간은 설인도 별로 안 좋아하는 것 같더라." 렉스가 얼굴을 찌푸렸어요.

아니시의 얼굴이 밝아졌어요.

"진짜예요? 저는 설인 좋아해요! 설인 사진을 얼마나 많이 봤는데요."

렉스는 빅풋이 왜 그렇게 인간들을 걱정한 건지 이상하다는 생각이 들었어요. 이 두 인간은 전혀 위험하지 않아 보였으니까요.

"그런데 너희 어떻게 내 방에 들어왔어? 이제 우리랑 같이 사는 거야?"

"저희는 각자 자기 집에 살아요." 샌드라가 말했어요.

"하지만 뭐랄까, 이 건물 주인 할머니의 열쇠를 잠깐 빌린 걸로 하죠. 이 집에서 외계인의 흔적을 찾아보려고 했거든요."

"우리가 왜 아무것도 못 찾았는지 이제 알겠네. 공룡의 흔적을 찾았어야 했어." 아니시가 말했어요.

렉스의 표정이 갑자기 얼어붙었어요.

"그런데 나는 더 이상 공룡으로 살면 안 돼. 이제 인간으로 살아야 하지. 그런데 빅풋이 내가 인간 흉내를 너무 못 낸다면서 화를 내고 나갔어. 이제 나는……."

렉스는 다시 눈물이 솟았고, 눈물 콧물을 흘리면서 겨우겨우 샌드라와 아니시에게 모든 이야기를 다 할 수 있었어요.

"그리고 나는 아직 인간 세상을 너무 몰라! 여긴 미스터리가 너무 많아. 아직 인간들이 쓰는 기계도 하나도 사용할 줄 모르거든!"

렉스가 연필, 가위, 장갑을 공중에 던져올렸어요.

샌드라가 실눈을 뜨고 말했어요.

"저희가 도와주면 어떨까요? 어쨌건 저희는 진짜 인간
이니까 인간 일엔 전문가거든요."

"맞아요! 저는 그 기계 중에 두 개는 쓸 줄 알아요."
아니시가 말했어요.

"두 개만?" 샌드라가 물었어요.

"저 가위는 너무 날카로워 보여. 위험해."

렉스는 티브이 사건 이후 처음으로 희망을 느꼈어요.

"정말 도와줄 거야?"

"당연하죠! 먼저 이 기계 사용법부터 가르쳐드릴게요."
샌드라가 연필을 흔들면서 말했어요.

13장
혼자 사는 것

집에서 이런 일이 벌어지는 동안 빅풋은 거리를 정처 없이 돌아다니고 있었어요.

보통 이렇게 기분이 우울할 때면, 빅풋은 자신이 좋아하는 '도시적인' 일을 했었거든요. 예술적 취향의 스카프를 매고 미술관에 가거나, 좋아하는 커피숍에 가서 더블플랫-엑스트라-페루-톨-화이트 커피를 마시는 것 같은 일이었죠.

하지만 지금은 그런 일을 하고 싶지 않았어요.

렉스를 어떻게 해야 할까?

빅풋은 자신의 생각이 옳다고 확신했어요. 빅풋이 보기에 렉스는 인간처럼 사는 데 재주가 없었고 자기가 지금껏 공들여 만든 더없이 인간다운 삶을 망치고 있었죠.

그런데 다시 생각해보면 렉스가 나타난 뒤로 빅풋의 삶은 지루할 겨를이 없었어요.

솔직히 말해서 빅풋은 혼자 사는 게 지겨웠어요. 집에 대화 상대가 있는 것, 그리고 그 상대가 인간 세상이 얼마나 이상한 곳인지 이야기할 수 있는 공룡이라는 건 약간…… 좋았어요.

렉스에게 너를 박물관에 그냥 두고 나올 걸 그랬다라고 말한 건 너무 심했나?

사실 렉스도 노력하는 것 같긴 했거든요. 제대로 못해서 문제였을 뿐이죠.

렉스에게 좀 더 아량을 베풀고 더 편하게 지낼 수 있게 해줘야겠어. 아니면…… 어쩌면 내가 원하는 것 말고 렉스가 좋아하는 일을 시켜야 하는 걸까? 렉스는 무언

렉스에게 스카프를 사주고 같이 미술관에 갈까?
아니면 멋있는 카페에 같이 가볼까?

가를 쫓아서 뛰어다니는 걸 좋아하는 것 같으니까 같이 축구를 해볼까? 아니면 식물원에 가봐야 하나? 분위기가 약간 선사시대 숲 같으니까.

빅풋은 결정했어요. 집으로 돌아가서 렉스와 화해하기로 말이죠. 빅풋은 서둘러 집으로 걸음을 돌렸고, 그 발걸음에 길이 쿵쿵 소리를 내며 울렸어요. 하지만 집에 돌아와 눈앞에 펼쳐진 광경에 빅풋은 기겁했어요.

"렉스, 너 무슨 일을 벌인 거야?"

빅풋에게 두 인간 아이가 자기 집 거실 바닥에 앉아 있는 것보다 더 무서운 광경은 없었죠.

"안녕하세요, 풋 아저씨. 저예요, 샌드라!"

빅풋은 이 말을 듣고서야 아래층 소녀를 알아봤어요. 자신에게 항상 많은 질문을 하던 아이.

"그리고 얘는 제 친구, 아니시예요."

빅풋은 공포에 질린 눈으로 거실을 둘러보다가 빅풋에게 양손으로 엄지손가락을 치켜세우는 남자아이를 발견했어요.

빅풋은 속이 울렁거렸어요. 어딘가 아픈 것 같았죠.

하지만 샌드라가 말을 이었어요.

"아저씨하고 제대로 만나서 진짜 반가워요, 풋 아저씨."

샌드라가 일어나서 빅풋과 악수를 했어요.

"아니 빅풋 아저씨라고 불러야 할까요? 조금 전까지 렉스 아저씨에게 연필 쓰는 법을 알려주고 있었어요. 렉

스 아저씨는 저희한테 이 집을 구경시켜 줬죠. 빅풋 아저씨의 프랑스 영화 컬렉션은 완전 제 취향이에요. 저는 영화 '고양이'를 제일 좋아해요."

"그래, 독보적인 걸작이지."

잠시 산만해졌던 빅풋이 곧 다시 정신을 차렸어요.

"샌드라, 제발 동물원에 전화하지 말아줘! 렉스, 우리는 달아나야 해."

빅풋이 렉스를 문으로 끌고 가려 했지만, 렉스는 꼼짝도 하지 않았어요.

"괜찮아, 빅풋! 얘들은 착한 인간이야. 어떻게 된 일인지 설명해줄게."

그리고 렉스, 샌드라, 아니시는 빅풋에게 모든 일을 설명했죠.

"저희는 아저씨들을 동물원에 보낼 생각 없어요." 샌드라가 말했어요. "저희가 도와드릴게요."

"비밀은 잘 지킬게요." 아니시가 말했어요. "전 많은 비밀을 알거든요."

"정말? 어떤 비밀을 아는데?" 샌드라가 호기심을 느끼고 물었어요.

"말 안 해. 나는 비밀을 잘 지키니까."

"그러니까…… 풋 아저씨? 괜찮아요?"

빅풋은 어지러운지 비틀거렸어요. 빅풋이 걱정

된 아니시가 빅풋을 침대까지 부축해줬죠.

"저희가 렉스 아저씨 직장 문제도 해결해줄 수 있을 것 같아요." 샌드라가 말했어요. "렉스 아저씨한테 꼭 맞는 일자리 하나가 있거든요."

"네, 막 뛰어다니고 소리 지르는 일이에요." 아니시가 말했어요.

"나 다시 한번 해보고 싶어." 렉스가 말했어요. "면접 보러 가도 돼, 빅풋? 된다고 말해줘, 제발."

빅풋은 몸을 일으켰어요. 이 인간 아이들은 정말 그렇게 무서운 것 같지 않았어요. 고전 영화도 잘 알았고요.

이 아이들을 믿어도 될까?

자신들을 도와주는 진짜 인간이 있다면 큰 도움이 될 거예요.

"그래, 해볼 만한 것 같아." 한참을 고민하던 빅풋이 마침내 말했어요.

"좋아요!" 샌드라가 말했어요. "당장 지원해요, 렉스 아저씨. 아저씨하고 찰떡궁합일 거예요."

14장
체육 교사가 된 렉스

렉스는 로어패터슨 초등학교 교장실에 앉아 있었어요. 면접을 보는 거예요.

"저는 잘 뛰어다니고, 목소리도 크고, 연필도 잘 사용

합니다." 렉스가 당당하게 말했어요.

알프레드 교장 선생님이 잠시 생각하더니 말했어요.

"지난번 체육 선생님보다 좋군요. 기니피그에 대해서는 어떻게 생각하십니까?"

렉스는 교장 선생님을 멍하니 바라보았어요.

"그런 건 전혀 모르는데요."

"완벽하군요! 언제부터 일하실 수 있나요?"

"지금 당장이요." 렉스가 웃으면서 대답했어요.

교장 선생님은 손뼉을 치더니 렉스의 앞발을 잡고 악수했어요.

"렉스 씨, 적극성도 좋고 즉시 일할 수 있는 것도 좋네요. 합격입니다! 손힘이 보통이 아니시군요."

렉스는 아주 기뻤어요. '적극성'이라는 게 혹시 자신이 소리칠 때 코에서 나온 것을 가리키는지 살짝 걱정이 되기는 했지만요.

빅풋이 그날 아침에 렉스가 입을 인간 체육복을 골라준 덕분에 렉스는 당장 체육 수업을 시작할 수 있었어요. 그리고 렉스는 공룡으로 사는 것과 체육 교사로 사는 것은 비슷한 점이 많다는 걸 알게 되었어요.

렉스의 수업은 대성공이었어요. 공룡 놀이 덕분에 체육 시간은 일주일 만에 가장 인기 없는 수업에서 가장 인기 있는 수업으로 바뀌었어요.

약간의 예외는 있지만요.

며칠 후, 렉스는 운동장에서 아이들을 지도하고 있었어요. 아이들이 너무 맹수처럼 행동하면 끼어들어서 말려야 하기 때문에 온 신경을 집중하고 있었죠.

그런데 갑자기 옆에서 누군가가 렉스의 소매를 당겼어요. 샌드라였어요.

"어때요, 렉스 아저씨? 아니, 렉스 선생님?"

"좋아!" 렉스가 말했어요. "아이들도 재미있고, 선생님들도 모두 내게 친절해. 커피도 원하는 만큼 마실 수 있지. 하지만 커피를 너무 많이 마시지는 않을 거야. 그리고 무엇보다 제일 좋은 건 이제 빅풋이 나를 칭찬한다는 거야!"

렉스는 손뼉을 치며 두 눈 가득 기쁜 미소를 지었어요.

"나도 돈을 버니까 치즈빵을 많이 살 수 있고, 무엇보다 이 체육복을 입으니 아주 인간답대."

"아이들이 모두 체육 수업이 재미있대요. 6학년들도요! 아저씨는 지금 우리 학교에서 제일 인기 많은 선생님이에요. 사람, 공룡 통틀어서요!" 샌드라가 렉스에게

177

몸을 바짝 붙이고 들뜬 목소리로 속삭였어요.

렉스는 자부심으로 가슴이 부풀어 올랐어요. 며칠 동안 일을 했는데 잘리지도 않았고, 실제로 일도 잘하고 있었으니까요.

쉬는 시간이 끝나자 렉스가 호루라기를 불었고, 샌드라는 친구들에게 돌아갔어요. 모두가 학교 건물 안으로 들어간 뒤 렉스는 교직원 화장실로 향했어요. 그리고 주변에 사람이 한 명도 없는 걸 확인하고 안경을 벗었죠. 렉스는 거울에 비친 자신의 얼굴을 보며 뾰족한 공룡

이빨을 드러내고 미소를 지었어요.

렉스에겐 이제 진짜 인간 친구가 둘이나 생겼어요. 어쩌면 모든 아이들과 친구가 될 수 있을지도 몰라요. 자신이 공룡이라는 걸 알게 되더라도 아이들은 별로 신경쓰지 않을 것 같았죠.

하지만 지금은 그런 생각을 할 시간이 없었어요. 다음 수업 주제인 배구가 대체 뭔지 알아내야 하거든요.

이제 모든 일이 원하는 대로 순조롭게 풀리는 것 같았어요. 실제로 그렇게 될지도 몰라요. 그러니까 그 화장실에 렉스 말고 아무도 없었다면요.

15장
운동회

렉스가 체육 교사로서 능력을 발휘할 가장 큰 시험대가 다가왔어요. 바로 운동회였죠. 체육 교사인 렉스가 운동회를 도맡아 준비해야 했어요.

렉스는 며칠 전에 샌드라와 아니시를 붙들고 운동회가 뭔지 물었어요. 샌드라와 아니시는 체육 수업을 하루 종일 하는 것과 비슷한 거고, 모두가 즐거운 척한다고 말했어요. 게다가 체육 교사인 렉스가 모든 걸 준비해야 한다고 했죠. 렉스는 불안해졌어요. 스포츠센터 수영장에서 있었던 일이 떠올랐기 때문이에요.

"아이들은 모두 아저씨의 체육 수업을 좋아해요."

샌드라가 렉스의 걱정을 덜어주었어요.

"그냥 평소대로 하면서 좀 거창하게 하고, 마지막에 메달을 주면 돼요. 혹시……."

말을 하던 샌드라의 눈이 커졌어요.

"모두 공룡 옷을 입는 건 어떨까요?"

"그거 좋은 생각이다! 그리고 학부모 달리기도 해야 해." 아니시가 말했어요. "부모님들은 그런 거 관심 없는 척하면서 사실은 엄청 좋아해. 우리 삼촌은 해마다 출전하거든."

렉스는 조금 안심이 됐어요. 샌드라와 아니시의 설명을 듣고 보니 운동회가 별로 어려워 보이지 않았어요.

"너희 가족도 오는 거야?" 렉스가 샌드라에게 물었어요.

샌드라는 땅바닥을 내려다보았어요.

"글쎄요. 아빠는 항상 아기 셋을 데리고 외출하는 건 굉장히 힘든 일이라고 하세요. 동생들이 울지 않으면 가능할 수도 있을 거라고 하셨지만…… 아무래도 운동회 같이 시끄러운 날엔 힘들겠죠."

"내가 대신 응원해줄게. 하지만 조용히 응원할 거야. 교사는 학생을 편애하면 안 되고 나는 프로니까."

렉스가 앞발로 샌드라의 어깨를 두드렸어요.

"아저씨의 공룡 운동회, 정말 기대돼요." 샌드라도 렉

스의 등을 토닥여주었어요.

마침내 운동회 날이 밝았고, 렉스는 계획을 실행에 옮겼어요. 무엇을 어떻게 해야 하는지 잘 알고 있으니까 모든 게 어렵지 않았어요. 샌드라와 아니시도 옆에서 도와줬고요.

렉스는 운동장에 부모님, 아이들, 교사들을 모두 모았어요. 이제 아이들과 함께 거대한 공룡 함성으로 운동회를 시작할 시간이었죠.

그런데 배구공이 보이지 않았어요.

"아 이런!" 렉스가 말했어요. "첫 번째 경기가 '소행성 소나기 피하기'라서 배구공이 필요해."

"체육관 캐비닛에 몇 개 있을 거예요." 샌드라가 말했어요.

너무 들뜬 샌드라는 아침을 먹고 나서부터 계속 티라노사우루스 의상을 입고 있었어요.

"사람들한테 선생님이 금방 돌아올 거라고 전할게요."

아니시가 종이 찰흙으로 만든 익룡 날개를 퍼덕이며

184

떠났어요.

렉스가 샌드라와 함께 급하게 운동장을 가로질러 뛰어가는데 누군가 눈앞에 나타났어요.

"빅풋!" 렉스가 소리쳤어요. "여기서 뭐 하는 거야? 회사에 있어야 할 시간 아니야? 아니면 커피를 너무 많이 만들어서 잘렸어?"

"휴가 냈어." 빅풋이 말했어요.

평생 휴가를 내본 적 없는 것 같은 빅풋이 말이죠. 그러더니 빅풋이 렉스를 끌어안았어요.

"오늘은 렉스 너한테 아주 중요한 날이잖아. 지금까지 아주 잘해 줘서 응원해주려고 왔어. 그리고 난 계란 릴레이 게임의 팬이기도 해. 프로 경기, 아마추어 경기 가리지 않고 다 좋아하지." 빅풋이 자신이 입은 티셔츠를 가리키며 말했어요.

"네가 와서 정말 기쁘다! 내가 얼마나 일을 잘하고 있는지 보여줄게."

렉스는 가슴이 너무 벅차서 터져버릴 것 같았어요.

"빅풋 아저씨가 와줘서 저도 기뻐요." 샌드라가 말했어요. "우리 엄마, 아빠도 오실 수 있다면 좋겠지만……."

그때, 요란한 엔진 소리와 함께 끼이익 하고 타이어 미끄러지는 소리가 울렸어요. 그러더니 검은색 승합차가 모퉁이를 돌아서 운동장 안으로 들어왔어요.

"모두 움직이지 마세요!" 우렁찬 목소리가 들렸어요.

"동물원에서 나왔습니다!"

186

뭐가 어떻게 된 건지 파악할 겨를도 없이 제복 차림
의 남자들이 동물원 기동대라고 적힌 승합차에서 쏟아
져나와서 렉스에게 달려들었어요.

공룡 잡아!

빅풋!
도와줘!

하지만 빅풋도
도와줄 방법이 없기는
마찬가지였어요.

샌드라는 잠시 얼어붙어 있었어요. 하지만 이렇게 허무하게 렉스 아저씨와 빅풋 아저씨가 잡혀가게 둘 수는 없었죠.

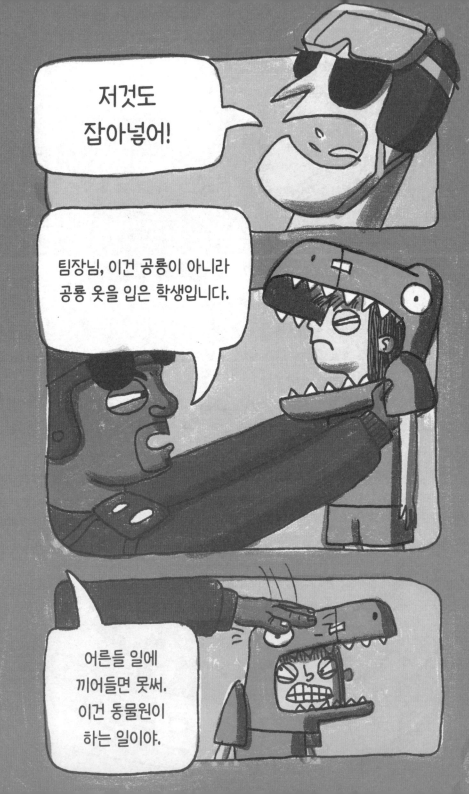

하지만 샌드라 혼자서는 아무것도 할 수 없었어요.
결국, 승합차는 렉스와 빅풋을 태운 채 사이렌을 요란하
게 울리며 떠나갔어요.

이제 어떻게 해야 하지? 생각하고 있던 순간, 샌드라
눈앞에 옆에 숨어있던 매디가 나타났어요.

16장
매디가 그렇게 된 이유

몇 주 만에 처음으로 매디가 해나 쌍둥이 없이 혼자 있는 모습이었어요. 처음에는 옛 친구의 모습에 안도감을 느꼈지만, 생각해보니 뭔가 이상했어요.

"매디~! 렉스 아저씨하고 빅풋 아저씨가 납치됐어! 아니 그러니까, 렉스 선생님이랑 우리 윗집에 사는……."

그러자 매디가 샌드라에게 다가와서 쏘아붙였어요.

"연기 그만해, 샌드라! 나는 렉스 선생님이 누구인지, 아니 무엇인지 알아."

아, 이게 아닌데……. 큰일이다. 샌드라가 생각했어요.

하지만 어쩌면 매디를 설득할 수 있을지도 몰라요.

"자세한 건 나중에 말해줄게, 진짜야." 샌드라가 말했어요. "하지만 지금은 급해. 같이 어른을 부르자. 선생님 같은……."

하지만 매디는 샌드라처럼 허둥대지 않았어요. 침착하고 진지했죠.

"아니, 난 안 그럴 거야. 내가 이렇게 만든 거니까."

샌드라는 깜짝 놀라서 매디를 바라봤어요.

"네가 이렇게 만들었다고? 어떻게?"

"나는 이제 더 이상 어린애가 아니야, 샌드라. 너와는 다르게 말이야."

매디는 강렬한 눈빛으로 샌드라를 노려봤어요.

"우리 엄마 태블릿에서 우리가 탐사하던 것 같은 미스터리 영상을 봤어. 세상엔 우리 같은 사람이 많더라. 그런데 우리 생각이 틀렸어. 우리가 하던 짓은 재미있고 짜릿한 게 아니라…… 위험한 거였어."

"외계인들은 우리를 해치려고 하고……."

"괴물들은 우리 집을 빼앗으려 하고……."

"유령들은 우리 돈도 빼앗고……."

"설인들은 우리 반려동물도 빼앗아."

"우린 그런 일들에 얽히면 안 돼." 매디가 계속 말했어요. "인간이 안전하게 살려면 괴물을 다 쫓아내야 해. 그래서 내가 동물원에 '렉스 선생님'을 신고한 거야."

샌드라는 몸에서 힘이 쭉 빠져서 매디에게서 한 걸음 물러섰어요.

여태껏 그렇게 매디와 다시 친해지려고 애를 썼고 이제야 드디어 둘이서 대화하게 됐는데, 매디의 입에서 나오는 말들이 너무 어이가 없었거든요.

"그 영상들의 내용이 사실인지 아닌지 어떻게 알아?" 샌드라가 물었어요. "그 사람들이 정말로 외계인이나 유령을 만났다는 증거가 하나라도 있어?"

"인터넷에 올라온 거니까 다 사실이야, 샌드라." 매디가 말했어요.

"증거가 있냐니까?" 샌드라가 말했어요. "탐사할 때 우리는 늘 증거를 찾았잖아."

"그건 어린애들 놀이였어. 나는 이제 어른처럼 생각해. 네가 그런 괴물들하고 친구로 지내는 건 모두를 위험에 빠뜨리는 일이야." 매디가 눈을 옆으로 흘겼어요.

"하지만 나는 렉스 아저씨에 대해서 잘 알아. 렉스 아저씨는 내 친구야."

그러자 매디가 얼굴을 더 찌푸렸어요.

"샌드라, 렉스 아저씨는 강아지 같은 귀여운 동물이 아니라 무시무시한 티라노사우루스야. 넌 내가 널 저 괴물한테서 구해준 걸 고마워해야 해. 그리고 너도 이제 인간이 아닌 것하고는 엮이지 않았으면 좋겠어."

매디는 샌드라에게 차가운 미소를 지어 보이더니 휙 떠났어요.

샌드라의 마음속에 분노가 끓었어요. 얼굴은 금방이라도 울 것 같은 표정이었죠.

바로 그때, 아니시가 운동장을 가로질러 달려왔어요.

"배구공 가져오는 데 시간이 왜 이렇게 오래 걸려?"

아니시가 헐떡이다가 멈춰 서서 숨을 고르며 얼굴을

198

찡그렸어요.

"렉스 선생님은 어디 갔어?"

샌드라는 눈물을 참고 심호흡을 한 뒤 모든 걸 설명했어요. 모든 이야기를 들은 아니시의 입이 딱 벌어졌어요.

"동물원에서 잡아갔다고? 그럼, 이제 어떻게 해야 해? 엄마한테 말해볼까?"

"아냐, 잠깐. 그러지 마." 샌드라가 천천히 말했어요.

샌드라의 분노가 계획으로 변하고 있었어요.

아니시도 머리를 굴렸어요.

"우리 체육 선생님이 사실 공룡이고, 동물원에 잡혀갔다고 하면 그 누구도 믿지 않을 거야."

"맞아." 샌드라가 말했어요. "내게 좋은 생각이 있어. 너 버스 카드 있어?"

17장
동물원

그렇게 두려워하던 일이 기어코 일어나고 말았지만, 렉스의 눈에 빅풋은 이상할 만큼 침착해 보였어요.

렉스와 빅풋은 도시 반대편 지역의 '동물원'이라고 적힌 곳으로 끌려가서 우리 안에 갇혔어요. 동물원 관람객들은 들어가지 못하는 비밀스러운 곳이었죠. 천장의 형광등은 지지직거렸고, 렉스의 머리 위로는 무언가가 계속 똑똑 떨어졌어요.

렉스는 너무 괴로웠어요. 지금껏 좋은 인간이 되기 위해 수없이 노력해왔고, 드디어 일이 잘 풀리고 있다고 생각했는데 자기가 또다시 모든 걸 망쳐버린 것 같았으니까요.

더 괴로운 건 자기 때문에 빅풋도 같이 잡혀 왔다는 거였어요.

"빅풋, 미안해." 렉스가 속삭였어요. "네 말이 다 맞았어. 내가 모두를 위험에 빠뜨렸어."

빅풋은 크게 한숨을 쉬더니 쇠창살 사이로 렉스를 바라보았어요.

"렉스, 이건 네 잘못이 아니야. 너는 최선을 다했어.

우리 모두 최선을 다했지. 결국엔 들켰지만 말이야. 있잖아, 언젠가 결국 들킬 거 같았어. 거짓말은 밝혀지기 마련이거든."

빅풋은 손으로 머리를 헝클어뜨렸어요.

그 순간 렉스는 아주 많은 감정을 느꼈어요. 선사시대 때는 한 번도 느껴본 적이 없는 감정이었죠. 코에 무언가 차올랐지만, 그게 동물원에 갇혔다는 슬픔 때문인지 빅풋이 자신을 원망하지 않는다는 기쁨 때문인지 알 수 없었어요.

빅풋은 쇠창살 사이로 큼직한 손을 내밀어 렉스의 작은 앞발을 잡았어요.

"움직이지 마!" 경비원이 소리쳤어요.

"우리를 풀어주세요." 빅풋이 말했어요. "나는 프린터 운영팀장이라고요!"

"경비원이 동물하고 대화하는 건 금지돼 있어. 설인 괴물과도 마찬가지지." 경비원이 대답했어요.

"그냥 설인이라고 불러주시죠. 지역에 따라 예티나 사
스쿼치라고도 합니다."

"동물은 동물이잖아." 경비가 말했어요.

빅풋은 차츰 분노가 차올랐어요.

"나는 프랑스 철학자들의 모든 책을 원서로 읽었어요. 누구도 나를 동물이라고 깔볼 수 없어요!"

"봉주르." 렉스가 반항하듯 말했어요.

하지만 경비원이 대답하기도 전에 또 다른 경비원이 그릇 두 개에 질척한 갈색 사료를 담아 가지고 들어왔어요.

"밥 먹어!" 두 번째 경비원이 쇠창살 사이로 그릇을 밀어 넣으며 말했어요.

빅풋은 경멸스러운 눈길로 그릇을 내려다보았어요.

"이건 밥이 아니라 개 사료잖아요."

"표준 대용량 사료야." 두 번째 경비원이 말했어요.

렉스가 킁킁거렸어요.

"마룻바닥 같은 냄새가 나."

"인간적인 대접과 제대로 된 음식을 요구합니다!" 빅

풋이 개 사료 그릇을 쇠창살 밖으로 다시 내밀며 큰 소리로 외쳤어요.

"치즈빵은 없나요?" 렉스가 물었어요.

"자판기에 있을 걸……?" 두 번째 경비원이 말했어요.

"자판기 근처에 갈 생각은 꿈도 꾸지 마! 가만히 있어! 주는 대로 먹어. 떠벌이 설인 괴물도 마찬가지야." 첫 번째 경비원이 말했어요.

렉스는 그동안의 경험을 통해 이제는 빅풋이 화가 나면 어떻게 되는지 잘 알고 있었어요. 그리고 빅풋의 털이 곤두서는 모습을 보니, 화가 나도 단단히 났다는 걸 알 수 있었죠.

"한 번 더 나를 설인 괴물이라고 불러봐." 빅풋이 으르렁거렸어요.

"이곳은 우리나라에서 경비가 삼엄하기로 손꼽히는 곳이야." 경비원이 말했어요. "네가 뭘 어떻게 하겠다는 거야, 설인 괴물?"

빅풋은 가만 있지 않기로 했어요.

그리고 그 순간, 우리 안의 불이 모두 꺼졌어요.

긴급 상황! 동물들이 들이닥쳤습니다!

호랑이들이 우리를 탈출했나요?

으아아아아!!

공룡이 지원군을 부른 것 같아요!

누가 나를 물었어!

거기서 철수하세요!

공룡 침공!

18장
공룡 침공

캄캄한 어둠 속에 아수라장이 펼쳐졌어요. 렉스는 그렇게 요란한 고함과 비명과 포효와 파열음을 들어본 적이 없었죠.

자신이 백악기로 돌아간 건가 하는 생각이 렉스 머릿속에 들 때쯤, 어둠 속에서 익숙한 무리가 달려오는 게 보였어요.

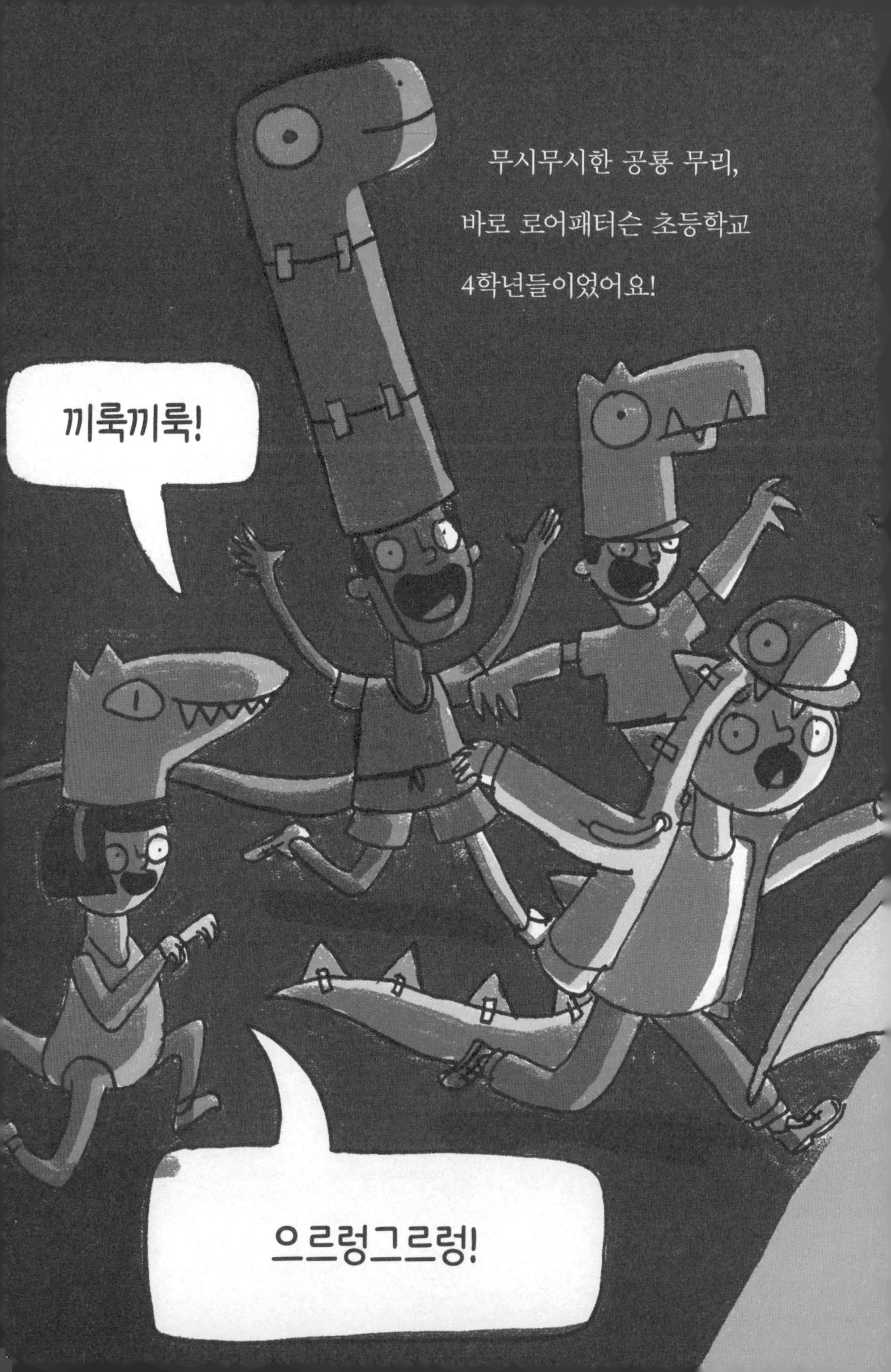
무시무시한 공룡 무리,
바로 로어패터슨 초등학교
4학년들이었어요!
끼룩끼룩!
으르렁그르렁!

그리고 렉스 앞에 아주 익숙한 공룡이
나타났어요.

샌드라!

"저예요! 어서 나가요! 애들은 제가 데리고 나갈게요."
야단법석 중에 경비원들의 열쇠를 훔친 샌드라가 우
리를 차례로 열었어요.

공룡 부대!
퇴각!

캄캄한 어둠 덕분에 아니시를 진짜 익룡으로 착각한
경비원들은 정문 쪽으로 달아났어요. 4학년 친구들과
렉스, 빅풋은 뒷문으로 나왔죠.

모두가 무사히 창고를 빠져나오자 다들 구석진 곳으로 가서 펄쩍펄쩍 뛰며 기뻐했어요.

"우와! 진짜 공룡들보다 너희가 더 공룡 같아." 렉스가 말했어요.

"선생님 수업에서 배운 거예요." 아니시가 말했어요.

"티라노사우루스 함성!" 4학년 2반 제이드가 말했어요.

"스피노사우루스 발구르기!" 4학년 2반 나디아가 말했어요.

"기간토사우루스 흉내!" 2학년 6반 이선이 말했어요(4학년 2반의 누나 나디아를 따라왔어요).

"저희가 좋아하는 체육 선생님을 다 같이 구하자고 아이들을 모았어요." 샌드라가 윙크하고 말했어요.

"맞아요, 립슨 선생님이 다시 돌아오면 어떻게 해요?" 아니시의 말에 모두 몸을 떨었어요.

"그래서 선생님들 몰래 학교를 빠져나와서 버스를 타고 여기까지 왔어요."

214

빅풋은 걱정스러운 표정이었지만 렉스는 기쁨의 박수를 쳤어요. 그러자 4학년들(그리고 2학년 이선)이 다시 환호했어요.

그때, 샌드라가 다른 아이들이 듣지 못하게 몸을 렉스에게 바짝 붙이고 속삭였어요.

"이제 어떻게 하죠? 동물원에 연락한 건 바로 매디였어요. 매디가 아저씨들의 비밀을 알아요. 두 분은 이제 이 도시에서 살기 어려울 것 같아요."

샌드라의 눈에 눈물이 차올랐고, 그 모습을 본 렉스는 침울해졌어요.

"샌드라 말이 맞아." 렉스가 빅풋에게 말했어요. "우리

변장은 이제 안 통해. 멀리 떨어진 다른 도시로 가서 새

출발할까? 다른 곳에도 도시가 있지, 빅풋?"

"그래, 다른 도시도 많지." 빅풋이 말했지만 정신은 다

른 데 팔린 것 같았어요.

샌드라는 이제 눈물을 참을 수 없었어요.

"아저씨들은 제 친구예요! 헤어지고 싶지 않아요!"

렉스도 헤어지고 싶지 않았어요. 인간 세계는 무서웠

지만 이제 여기에 집도 있고, 직장도 있고, 새 친구들도

있고…… 또 치즈빵도 있었어요.

하지만 빅풋이 또다시 동물원에 갇히게 할 수는 없었

어요. 이제 새집을 찾아야 해요.

"모두 많이 생각날 거야." 렉스가 말했어요. "사실 백

악기에 살 때는 친구 같은 거 없었거든. 그래서 너희들

과 친구로 지낸 게 참 좋았어."

렉스는 샌드라를 끌어안았어요. 하지만 이내 눈길이

빅풋에게로 향했죠. 빅풋이 전혀 빅풋답지 않은 행동을

했거든요. 바로 넥타이를 풀더니 바닥에 내동댕이친 거

예요.

"아니야! 더 이상 이렇게 살 순 없어! 지금까지 겁먹고, 달아나고, 숨어왔는데 모두 아무 소용 없는 짓이었어."

빅풋이 렉스와 샌드라 사이로 파고들어 와서 말했어요.

"네 덕분에 나도 다시 생각하게 됐어, 렉스. 나는 이 도시를 떠나기 싫어. 그리고 이렇게 계속 인간인 척하기도 싫어. 이제 인간들에게 우리를 존중해달라고 요구해야 할 때야!"

렉스는 빅풋의 말에 깜짝 놀랐어요.

"멋지다! 그런데 그걸 어떻게 해?"

샌드라가 눈물을 닦더니 빅풋을 올려다 봤어요.

"저희가 사람들을 설득할 수 있을 거예요. 일단 학교로 돌아가요."

"알았어, 샌드라." 빅풋이 말했어요. "중간에 친구 몇 명만 데리고 가자."

"좋아요!" 샌드라가 말했어요. "그런데 두 분 돌아갈 버스비는 있으세요?"

19장
다시 운동회

렉스와 빅풋은 공룡 옷을 입은 아이들과 함께 학교로 돌아가는 길에 스포츠센터와 도도 버거에 들려서 네시와 도도를 데려왔어요. 학교 운동장에는 난리가 벌어지고 있었죠.

"동물원 난장판은 장난이었네."

아니시의 말에 샌드라는 그 말이 무슨 뜻인지 눈치챘어요. 성난 부모님들이 교장 선생님을 둘러싸고 한꺼번에 말하고 있었거든요.

"무슨 말씀이세요? 4학년 학생들과 이선이 실종됐다니요?" 아니시의 엄마가 따졌어요.

"학부모 달리기는 언제 시작하는 겁니까? 일 년 내내 연습했다고요." 4학년 나디아와 2학년 이선의 아빠가 스트레칭을 하면서 말했어요.

그리고 사람들 뒤쪽으로 세쌍둥이 유모차가 보였죠.

샌드라의 엄마, 아빠도요.

"엄마! 아빠!" 샌드라가 부모님에게 달려갔어요.

"샌드라! 대체 어디 갔던 거니?" 엄마가 물었어요.

"안 오시는 줄 알았어요." 샌드라가 말했어요.

"이런 날 빠질 수는 없지." 아빠가 말했어요. "아침부
터 정말 신나 했잖니."

샌드라는 부모님을 끌어안고 말했어요.

"할 이야기가 너무 많아요."

그때, 렉스가 메가폰을 들고 단상에 올라갔어요.

렉스는 가슴 속에 익룡 한 마리가 날아다니고 있는 것처럼 가슴이 벌렁거리고 앞발에서는 땀이 나기 시작했죠.

이대로 도망쳐버릴까 하는 생각도 들었지만, 군중 속에서 빅풋이 쌍 엄지를 들어 올리고 있었어요.

"아, 아, 이거 켜진 건가요?" 렉스가 메가폰에 대고 말하기 시작했어요. "안녕하세요, 인간 학부모, 어린이, 선생님 여러분! 저는 체육 교사인 렉스라고 합니다. 지금부터 모두에게 중요한 말씀을 드리려고 합니다."

"이제 학부모 달리기를 하나요?" 나디아와 이선의 아빠가 외쳤어요.

"음…… 아뇨. 하지만 더 중요한 말씀을 드리려고 해요."

렉스는 침을 꿀꺽 삼켰어요.

"그러니까 저는…… 여기서

221

일하는 게 좋습니다. 이 도시에 온 지 얼마 안 되었는데도 모두가 제게 친절히 대해 줬거든요."

렉스는 말을 잠시 멈추고 군중 속의 얼굴들을 살폈어요. 모두가 어리둥절해 보였죠. 하지만 렉스는 메가폰을 더 꽉 쥐고 말을 이어 나갔어요.

"모두가 체육 교사인 저를 좋아해 줬습니다. 그리고 저는 이 일을 계속하고 싶어요. 하지만 그러기 위해서 여러분께 솔직히 말씀드릴 게 있어요."

그리고 렉스는 안경을 벗었어요.

"저는 인간이 아닙니다……."

저는 공룡이에요.

렉스는 긴장 속에 사람들의 반응을 기다렸어요.

그때, 빅풋이 열렬한 박수를 보냈어요.

"브라보! 렉스! 브라보!"

그리고 땅을 우릉우릉 울리며 펄쩍펄쩍 뛰었어요.

아이들도 그 못지않게 열광적으로 반응했어요.

"저는 옛날부터 공룡을 만나고 싶었어요!" 4학년 3반 아서가 말했어요.

"2학년에는 트리케라톱스 선생님 보내주세요!" 2학년 의 이선이 말했어요.

"제 개인 방송에 나와주세요!" 5학년 아스미타가 외쳤어요.

하지만 렉스 눈에 이 상황이 별로 기쁘지 않아 보이

는 학생도 들어왔어요. 매디가 부모님 옷을 잡아당기며 렉스를 가리키고 있었죠. 그리고 매디네 가족은 모두 화가 난 것 같았어요.

"말도 안 돼요!" 매디의 엄마가 소리쳤어요. "학교에 공룡이라니요? 너무 위험해요. 교육적이지도 않고요! 우등생이 잡아먹히면 어떻게 하죠?"

매디의 엄마가 매디를 보호하려는 듯이 꼭 붙들었어요.

그 말에 렉스는 가슴이 아팠어요. 인간은 단 한 번도 잡아먹은 적이 없으니까요.

왜 저런 생각을 하는 사람이 있는 걸까? 렉스는 생각했어요.

"저는 인간을 잡아먹지 않아요! 라자냐하고 치즈빵만 먹어요." 렉스가 흔들리는 목소리로 말했어요. "인간은 제 친구예요."

그러자 매디의 아빠가 이대로 물러날 수 없다는 듯이 말했어요.

"우리 동네는 품격 있는 동네예요. 하크넬 앤드 르프로이 명품 가방 지점도 있다고요! 선사시대의 괴물이 우리 동네에 무슨 도움이 되나요? 지금 무슨 일이 벌어지고 있는 건지 믿을 수가 없네요!"

렉스는 할 말을 잃었어요. 그래서 무언가 적당한 말을 찾고 있었죠.

"숨어 사는 동물들은 이미 우리 동네에서 자기 몫을 해왔어요. 저는 브라이언 풋입니다. 빅풋이죠. 저는 오래전부터 이 동네에서 살았어요. 일도 열심히 해서 회사에서 여섯 번이나 이달의 직원으로 선정되었죠. 하지만…… 저는 설인이에요! 그리고 제겐 인간처럼 근시가 있죠."

빅풋이 앞으로 나와서 안경을 어

깨 너머로 던져버렸어요.

렉스는 깜짝 놀랐어요.

세상에나, 빅풋이!

빅풋을 보면 모두 알 거야. 빅풋은 인간들보다 더 인간적이니까. 렉스는 생각했어요.

"브라이언? 브라이언 풋!" 아니시의 삼촌이 말했어요. "저분은 나랑 같은 헬스클럽 회원이에요."

"저랑은 같은 독서 클럽 회원이에요." 제이드의 엄마가 말했어요.

"그리고 저희 아파트 주민이에요." 샌드라의 엄마가 말했어요. "아주 훌륭한 이웃이지요. 우리 애들이 그렇게 울어도 불평 한마디 없고, 가끔은 쓰레기도 대신 내다 버려준답니다."

"그리고 이런 빅풋 씨의 친구라면 렉스 씨도 괜찮을 것 같아요." 샌드라의 아빠가 말했어요. **"설인이든, 공룡이든 상관없이 말이죠."**

빅풋은 렉스에게 다시 한번 살짝 엄지를 들어 보였어

요. 과연 사람들이 렉스와 빅풋을 받아줄까요? 설인이든, 공룡이든 상관없이 말이죠.

하지만 매디 생각은 다른 것 같았어요. 매디는 단상 위로 뛰어 올라가서 렉스의 메가폰을 빼앗아 들었어요.

"속지 마세요! 이 동물들은 위험해요. 인터넷에 다 나와 있어요!"

그때, 매디의 말을 끊고 새로운 목소리가 끼어들었어요.

"아니, 오히려 위험한 것과 반대예요. 저는 인간의 생명을 여러 번 구했으니까요."

네시가 사람들 앞으로 성큼성큼, 아니 사실은 꾸물꾸물 나왔어요.

"저도 인간이 아니에요. 저는 그러니까…… 호수 출신이에요. 솔직히 말하면 저도

제가 무슨 동물인지 몰라요. 하지만 인명 구조라면 누구보다 자신 있죠."

"저도 마찬가지예요!"

도도가 뒤뚱뒤뚱 걸어 나와서 렉스의 머리 위에 깡충 뛰어올랐어요.

"인간들은 매일 우리 식당에 와서 음식을 먹어요! 저는 도도새예요. 맞아요. 제가 바로 그 맛있다는 도도새죠. 하지만 절 먹으면 안 돼요. 저는 이 지역의 어엿하고 소중한 사장이니까요!"

도도는 안경을 벗어 던졌고, 그 안경은 매디 아빠의 이마에 맞고 떨어졌어요.

부모님들이 수군거리기 시작했어요. 마침내 한 사람이 소리쳤어요.

"어서 결론을 내죠." 나디아와 이선의 아버지였어요. "저는 저분들이 좋아요. 그러니까 그냥 아무 문제 없는 걸로 합의하고 빨리 학부모 달리기로 넘어갑시다."

매디의 가족은 화가 머리끝까지 차오른 것 같았어요.

"말도 안 돼요! 모두 다 말도 안 되는 소리예요!" 매디의 아버지가 말했어요.

"흠! 공룡을 교직원으로 채용하는 것에 대한 규정이 어떤지 몰라서 교육청에 문의해봐야……." 알프레드 교장 선생님이 목소리를 냈어요.

"교장 선생님, 제발요!"

아니시가 소리치자, 다른 아이들과 꽤 많은 부모님들도 함께 소리치기 시작했어요.

"생각해보세요, 교장 선생님!" 아니시의 엄마가 말했어요. "체육 교사를 또다시 해고하면 학교 평판이 어떻게 되겠어요. 불쌍한 기니피그 이야기는 저희도 다 들었다고요."

부모님들이 고개를 끄덕이며 웅성거렸어요. 불쌍한 기니피그 이야기는 유명했으니까요.

알프레드 교장 선생님은 어깨를 축 늘어뜨렸어요. 이제 이 일을 막을 수 없다고 생각하는 것 같았어요.

"아무래도 이번에는…… 예외를 둘 수 있을 것 같습니다."

다시 한번 환호성이 울렸고, 렉스는 그 열기에 정신이 얼얼해질 지경이었어요. 하지만 그때 사람들 속에서 무언가 보였어요. 매디가 해나 쌍둥이와 함께 샌드라에게 다가가고 있었어요. 샌드라는 환호성에 정신이 팔려 혼자 서 있었죠.

매디가 샌드라의 한쪽 팔을 잡고, 해나 쌍둥이가 반대쪽 팔을 잡더니 샌드라를 운동장으로 끌고 갔어요.

"너 때문에 이런 일이 벌어졌어, 샌드라."

렉스는 매디가 샌드라에게 속삭이는 소리를 들었어요.

"괴물이 그렇게 좋다면 내가 동물원에 전화해서 너도 토끼 인간이라고 할 거야. 그러면 너는 평생 그 동물들하고 같이 우리에 갇혀 살게 되겠지!"

렉스는 절대 용납할 수 없었어요.

렉스가 땅을 쿵쿵 울리며 달려가서 매디 앞에 우뚝 섰어요.

"내 친구한테 손대지 마! 이제 다 밝혀졌다시 피 나는 티라노사우루스야. 티라노가 제일 잘하는 게 뭔지 알아?"

매디와 해나 쌍둥이는 휘둥그레 바라보기만 했어요.

"그건……."

마치는 이야기

"**제**1회 숨어 사는 동물 영화제에 오신 것을 환영합니다. 오늘 상영작은 '고양이'입니다. 명예 동물 친구 샌드라가 선정했습니다." 빅풋이 말했어요.

렉스는 치즈뻥을 돌렸죠.

"독보적 걸작이라고 하던데요!" 아니시가 팝콘 그릇을 들고 앉으면서 말했어요.

빅풋은 아니시에게 미소를 지어 보이고는 말을 이어 나갔어요.

"하지만 그 전에 먼저 프랑스 영화에 대한 짧은 설명회가 있겠습니다."

모두가 끙소리를 냈고, 빅풋이 노트북에 손을 뻗기 전에 네시가 빅풋에게 대용량 치즈뻥을 건넸어요.

"영화를 본 다음에 하는 게 어때?"

네시는 재생 버튼을 눌렀어요.

영화가 시작되자 샌드라가 렉스에게 몸을 기울이고

속삭였어요.

"모두가 아저씨를 받아줘서 너무 기뻐요. 알프레드 교장 선생님 말씀이 맞았어요. 좋은 체육 교사를 찾는 건 아주 힘들거든요."

"나도 정말 좋아! 하지만 다른 사람들에게 비밀로 하기로 한 건 좀 안타까워." 렉스가 말했어요. "세상 모든 인간에게 알릴 수 있으면 좋을 텐데."

"너무 앞서가지 마, 렉스." 렉스 앞자리에 앉은 도도가 말했어요. "짜릿한 모험은 충분히 했어. 그리고 우리 모두에겐 각자의 직업이 있지. 호기심 품은 인간들을 상대할 겨를은 없다고."

"쉿! 영화 상영 중에는 조용히 해." 빅풋이 속삭였어요. "이제 고양이가 나와!"

렉스는 영화에 집중해보려고 했지만, 생각이 자꾸 다른 곳으로 흘러갔어요.

렉스의 마음 한구석에서는 여전히 선사시대의 숲과 늪, 그리고 스테고사우루스를 그리워하는 마음이 남아

있었어요. 하지만 이제 여기에는 집이 있고, 직업도 있어
요. 친구는 셀 수도 없이 많죠(빅풋이 숫자 세는 법을 아직
도 가르쳐주지 않았어요).

렉스는 돌아갈 수 있다고 해도 돌아가지 않을 거예요.

REX 1

Copyright © 2025 Elys Dolan

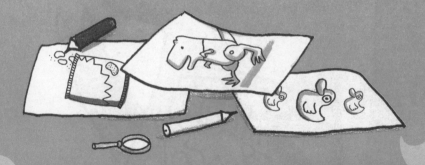